花春深

品人间真味

经典文库编委会 ◎ 编

河海大学出版社
·南京·

图书在版编目（CIP）数据

在春深．品人间真味 / 经典文库编委会编． -- 南京：河海大学出版社，2019.10
（二十一世纪中国作家经典文库）
ISBN 978-7-5630-5952-2

Ⅰ．①在… Ⅱ．①经… Ⅲ．①散文集－中国－当代 Ⅳ．① I267

中国版本图书馆 CIP 数据核字（2019）第 085927 号

丛 书 名 / 二十一世纪中国作家经典文库
书   名 / 在春深——品人间真味
书   号 / ISBN 978-7-5630-5952-2
责任编辑 / 毛积孝
特约编辑 / 李　路　韩玉龙
特约校对 / 董　瑞
封面设计 / 仙　境
版式设计 / 刘昌凤
出版发行 / 河海大学出版社
地   址 / 南京市西康路 1 号（邮编：210098）
电   话 /（025）83722833（营销部）
　　　　 /（025）83737852（综合部）
经   销 / 全国新华书店
印   刷 / 三河市元兴印务有限公司
开   本 / 880 毫米 ×1230 毫米　1/32
印   张 / 7
字   数 / 110 千字
版   次 / 2019 年 10 月第 1 版
印   次 / 2019 年 10 月第 1 次印刷
定   价 / 59.80 元

目录 Contents

品人间真味　001

吃在四川　010

清明菜　015

高粱粑，自家夸　018

从小面到重庆小面　023

重庆小面里的辣　027

乡村老腊肉　031

水煮肉片　036

东坡肉　043

卤菜美　052

猫猫儿鱼	061
李庄白肉	069
冰粉	076
甜水面	083
蕨菜肥	090
和菜	097
吃猪炒	101
面条	104
炖蛋	108
尾肠	111

琳琅满目的闽北糕事	114
乡村粿事	126
各种粿的做法	132
种菜记	138
寻找舌尖上的童年	141
葱油饼	144
红烧茄子	148
豆腐乳	153
六月杨梅满西岭	161
西坝豆腐西坝味	165

跷起脚来吃牛肉	172
麻辣鲜香豆腐脑	179
乌尤山上腊八粥	185
最忆乡村九大碗	190
月饼的家园	197

品人间真味

张静

  岁末，朋友们总要轮流请客。十几个人一张大桌，围拢着很是热闹。吃火锅，吃炒菜，吃烧烤，杯起杯落，觥筹交错中，总离不开新年伊始，冬去春来，吐故纳新等诸多美好祝愿。《菜根谭》中所谓"花看半开，酒饮微醺"的境界和意趣，即在眼前。

  已过人生不惑了，见过的酒场面也不算少。一桌酒席，若来的都是知根知底的故交，情投意合，这酒自然就喝得欢畅；另外，有朋自远方来，或他乡遇知己，挑一安静地儿,对坐在一起,说说相互之间让对方一直惦记和牵挂的很多琐碎,诸如日子过得好不好,老人身体是否安泰,孩子学习怎么样,等等,说到各自心坎里,杯子里的酒愈发绵长和温暖,所谓故事都在酒里,心意若干,亦在酒里。最不喜和不熟悉的官人一起喝酒,很别扭,筷要他先动,话要他先说。满桌人须很恭敬地看着他,出口言大事,举杯一二三,着实让人疲惫。再者遇到自来熟的粗人,酒过三巡,菜过五味,撸胳膊挽袖子,一派大将风范,酒杯撅得啪啪山响,一览众山小的气派,实在令人乏味。更有酒后无德,酒醉撒泼,出言粗俗,只一次酒相,就再也不招人待见了。当然,还有随着新年到来的各种同学相聚,大学的、高中的、初中的,甚至小学的,也来凑热闹。酒至微醺,谈国事、家业、形势、物价、孩子、老人、汽车保养、取暖费、微信,更谈女人。场面热闹非凡,表情夸张,语言丰富,说到荤处,大家哄然一笑。

家有先生,亦喜欢喝酒,尤其是前几年,公务繁忙,应酬不断,一周七日,晚上多半在外用餐,一场又一场的酒局自然难免,回到家里,一身酒气,有点厌烦却无可奈何。时不时地,喝多了,拽着我和他一起坐在客厅里,一遍遍絮絮叨叨听他说着酒中乐事。比如一友张三，善酒，常喝到面赤，走路踉跄，其妻抱怨，他微笑着说，别人请客，自己不花钱，不喝白不喝！另一友李四，一日，酒馆的墙上挂一幅女人裸体画，三点用枯树叶遮挡，抽象得令人想象无数。酒毕，果然李四坐画下不走，问之，竟然说"等秋风吹散一地香"，一句话，博得众人掌声一片。又有一友，王五，酒醉，行至大街上，遇另一熟识的酒鬼，两个酒鬼互相望着天问："天上的是太阳还是月亮？"然后两个人像两条藤蔓一样缠在一起，两条发硬的舌头胡乱卷了半天，也没说清到底是太阳还是月亮。

　　当然，喝酒与文人，也有一番写意的。记得周作人《谈酒》说："黄酒比较的便宜一点，所以觉得时常可以买喝，其实别的酒也未尝不好。白干于我未免过凶一点，我喝了常怕口腔内要起泡，山西的汾酒与北京的莲花白虽然可喝少许，也总觉得不很和善。日本的清酒我颇喜欢，只是仿佛新酒模样，味道不很静……"他如此道来酒的种种美妙，于我一个没有去过远方的人，貌似有几分遥远和陌生，就像我曾经喝过几口的茅台、五粮液，窖香味太浓，后劲足，难以消受。倒是那大米酒，酒意寡淡，入口爽朗，如沐清风。

酒随人意，喝者相对坦荡，自在清透，此乃我对酒事的理解。故而，偶得空闲，我更愿意邀上好友，去街巷深处的小店，最好有一个黄色的布幌，在风里飘摇。小店里，木质的桌椅，木质的地板，给人很重的笃定稳妥。友人到齐，几盘素食下酒，比如凉拌山药、西芹腰果、酸菜炒粉、爆炒卷心菜，屋外的人一身寒气，屋内的人一团暖意。一番酣畅淋漓过后，推窗而望，大雪纷飞，梨花漫天，又是一年好锦时。友人微醺，大呼："好酒！"

多年过去了，酒与我而言，谈不上喜好，最多也是工作需要和朋友聚会时应付一下场面而已。不过，蛮喜欢一些酒的名字，比如：剑南春、杜康、女儿红、竹叶青、梨花白、青花瓷等。多好的名字，像一个人，虽未曾谋面，心却早已近了！

毋庸置疑，在我的小城里，无论阳春白雪还是下里巴人，总要面对儿女大婚、居家乔迁、家眷高升等各种红白喜事，少不了邀亲朋好友摆上几桌丰盛的宴席欢庆一下，至于逢年过节时亲人、朋友、同学、同事间的相互走动和团圆聚餐更如家常便饭。酒桌上，除了美味菜肴、缤纷水果之外，定要开几瓶红彤彤的百年西凤讨个宾主尽欢。我曾很多次见证了这热闹喜庆的场面：高高的、嫣红的西凤酒放在桌子中央，似一团燃烧的烈焰，把祥和温暖、真诚美好的祝福尽情传送。席间，宾主之间觥筹交错，个个红光满面，那微醺的、妥帖的、美妙的回味，在唇齿间久久辗转。

我乃一女流之辈，于茶酒之事自然谈不到贪杯和沉溺。偶尔，会和小城里几个亲密的友人一起小坐，说说自己的读书和写作，或者面临的困惑迷茫，相互鼓励、相互支撑，把文字的梦想延续下去。有时候，也没什么主题，就是时间久了，相互惦念了，大家聚一聚，叙叙旧，唠唠家常，释放一下烦冗琐碎的日子里攀爬在身体和心底的浮躁和彷徨罢了。通常的情形大致如此：三五知己，于某个悠闲的黄昏，寻一安静的角落，最好是木质的桌子、椅子和盘子，一袭碎花布衣的服务生端来五六盘小菜，菜的品相搭配得恰到好处。然后，围坐一起，茶酒相伴，一口一口，抿着喝着，月亮出来了，星星满天，问星邀月，心清如水。最是那陈酿西凤入舌尖的曼妙回味，时而辣香甘冽，时而醇香柔和。众友人用近乎奢侈的消磨方式，沉浸在三两杯的酒香里，换得人生之清透，生活之娴雅，亦不失为身心惬意愉悦之事。有一回，碰上一细心友人，喝西凤六年时特意问服务生要了几个小白瓷杯,瓷质细腻似雪,酒满杯中,如水在天池,清澈见底,不要说喝,看看都醉几分呢。

曾有幸随单位去酒厂参观,印象很深的是那句"送客亭子头,蜂醉蝶不舞。三阳开国泰,美哉柳林酒"背后神奇的传说,然后就是映入眼帘的裴行俭的雕像。据介绍,唐代吏部侍郎裴行俭在护送波斯王子回国途中,行至郡雍县(现凤翔县)闻酒吟此诗。此后,柳林酒以"甘泉佳酿,清冽醇馥"的盛名被列为朝廷贡品。

记得那日,夏已过半。一行人徜徉在柳林镇上,柳叶青青,井水淙淙,酒香飘飘,一簇簇火红的美人蕉和大理菊在红砖青瓦的农舍之间零星散落着。这是一个神奇的小镇,相传周文王时,有凤凰"鸣于岐,翔于雍"时曾饮此水,故称饮凤渠,因渠西柳树成林而得名。西凤酒厂就位于镇子东大街,素有"开坛香十里,隔壁醉三家"的美誉,这美誉从唐贞观年间,就一直延续下来。之后,柳林镇酒坊遍地,路人闻香下马,以品"柳林陈酿"为人生一大乐事。

柳林人家的民居朴素简约,不管是高大楼房还是矮檐小院，照壁上倒贴着大红的福字，在太阳下散发出一种宁静与祥和，有村妇正在水龙头下洗衣裳。这水，一定的柳林的水了，它缓缓流动着，把阳春白雪、草民雅士的细碎时光和风情雅韵都淘尽了，只留下清亮明澈的西凤酒，在后人的唇齿间流芳百世，亦在中华的锦绣诗文中源远流长。

在酒厂转了一大圈，我留恋的，还是那片闲人免进的酒库。和其他车间相比，这里明显少了机器的轰鸣和云雾般的热蒸汽，少了灌装车间酒瓶之间碰撞时发出的嘈杂声响，一切都是寂静的。

酒库里到处都是酒海。名字很奇特吧，是装酒的容器，酿好的酒在灌装前，都要在这寂静的酒海里度过一段很长的时光。酒海是取深山密林中柔韧性好的青藤编成一个圆形的藤篓，内用豆腐等原料将内壁填平藤条的缝隙，干燥后，再用猪血、蜂蜡、鸡蛋清制的涂液，把麻纸一层一层糊在大藤篓上，糊多少层，只有制酒海的工匠知道。然后，酒就静静躺在酒海里，和深山里的晨风仙露相融合，和花蜜精华相融化，和大自然的生命血气相依偎。也可以说，酒在大肚子的酒海里正进行一场修行，像练武之人每隔一段时间都要寻一安静的深谷绝尘修炼。这种修炼,接天地雨露,接自然灵气,其武功才可出神入化,不可一世;酒库又像古代美丽的女子于出阁前,被锁在闺房半年之久潜心学习女红、女德、女才,这样出嫁的时候,才会如美玉一般清雅高贵,风月无边。酒海也如此,在寂寞的光影里慢慢成熟,最终清澈透明,醇香甘润。

在柳林,若言酒之风雅,自然离不开东坡先生。他任职凤翔签书判官时,举酒于东湖之亭上,留下"花开美酒曷不醉,来看南山冷翠微"的佳句盛赞柳林酒。从那以后,人们再也没有忘记这座历史文化名城里曾经有过的灿烂与辉煌;更不会忘记"西凤酒""东湖柳""姑娘手"这妇孺皆知、享誉三秦的凤翔三绝了。

想必东坡先生是幸运的。柳林之水孕育了国酒西凤,也孕育了先生"酒酣胸胆尚开张,鬓微霜,又何妨"的豪迈气度。千年后的今天,我依然能触摸到先生的诸多墨宝,它们被镂刻在这里,历经风雨洗礼仍遗存完好。这些烁烁生辉的文化遗迹,也为西凤酒平添了很多文脉神韵。之后,我每去一次东湖,都会遥想先生端坐于湖光的柳色之中,一支纤毫,数杯美酒,酒香与墨香,氤氲缠绕。那一瞬,酒在先生唇齿间回味缠绕,亦在先生锦绣诗文中流芳百世。而我,一边品酒香,一边熏墨香,意境高远,喜不自胜。不由感慨,这诗与酒,如阳光之于雨露,一旦相逢,便似览尽人间风月无数了。那一瞬,冒出一个念头,他日,你若来,我定邀你,静坐于柳林小镇,品几口醇香西凤,如何?

吃在四川

胡志金

让我们第一次向成功的人生致敬。

有朋友会问我,中国民间好吃的饮食甚多,缘何最爱豆花下饭。我想着,大概是因为在我们这个快节奏的生活中,豆花是最没有被污染的吧,毕竟人们不可能在白生生的豆花里下蒙汗药,也不可能在最爽口的豆花里添加色素,最主要的是豆花拈在筷子上,然后放在红油辣椒的油碟里拌一下,送进嘴巴,不会因肉的筋和骨让你的牙齿加重负荷。豆花放到在嘴里,只一抿，就直接进入了我们的消化系统，成为植物蛋白中最佳的营养。最关键的是，豆花下饭最便宜，其剩下的汤也是最解渴的。豆花下饭是老百姓在新中国崛起的过程中吃出口感、吃出味道来的。

豆花饭的前身是豆花，而不是指饭。在四川，吃干白饭下豆花算是上等菜，这要源于这道菜含很高的植物蛋白。对于今天中国人普遍存在的"三高"现象来讲，豆花里的植物蛋白既不增加血压，又能对体能有最好的支持。豆花，看上去白嫩，吃起来爽口，更不硌牙齿，夹在筷子上伴着碟儿里的红油、葱花、调味盐，吃到嘴里，那叫一个爽口，而今流行的口感，也就是这个意思。

我曾在重庆黄山云岫楼前的一条街上吃过一回豆花。这里与其说是街，准确地说是一条马路，直通南山植物园。这条街基本上都卖豆花饭，所以也叫作豆花一条街。这里是唱《红梅赞》最原生态的地方，也是抗战时期国民党军统小礼堂旧址。

一条逶迤绵长的马路边，豆花馆一家接一家。我随意走进一家店，主人家看到有客人来了，连忙问吃啥子。我说你这里的豆花卖多少钱一碗。主人家的回答是六元。

这是2014年的秋天，豆花饭已由最开始的四元变成了现在的六元。这个平常百姓最喜欢的川味小吃现在一涨再涨，无疑是市场经济起的作用。

豆花端上来之后，我扎扎实实抬了一筷子，还好，没有断开，还可抬在筷子上往嘴巴里送。只有如此试一下，才能放得下心来吃豆花。缘何要这样一试呢？

这是因为中国民间传统的精华都在师傅留一手里面，就拿豆花来说，只有做到绵扎、白嫩、爽口，紧贴到了老百姓的生活里，才算是一碗好吃的豆花。缘何叫紧贴生活？就是说老板把食客的口感掌握透了，将豆花做到了有致。

我曾经吃过一家豆花馆的豆花，基本上是抬不起的，筷子一碰就化成了水。虽然老板很有歉意地说是昨晚点嫩了一点，但这是说不过去的。"财上平如水，人中直似衡。"意思就是你稍稍在生意上做一点假，顾客就可一眼看出来，以此喻人亦是这样的道理。

你不是想吃能够抬得起的豆花吗？那么好办，我就将豆花整老一点，于是就在锅里多煮一阵子，然后再点卤水。做餐饮最大的秘诀就是各家有各家的高招，中国特色的传统文化，之所以让世界瞩目，最大的特色就在于此。

据专家称，真正的豆花其实是发源于老百姓的平常生活之外的，是在中国南方的庙宇中得到了发扬光大，这就是闻名遐迩的豆花加斋饭。今天，您走遍祖国的名山大川，只有在寺庙里才能够吃到正宗的斋饭，也就是人们俗称的豆花下饭。

中国自古多名山仙景，多古刹寺庙，多高人侠士。这些古刹名寺藏在祖国的深山怀抱里，为中国民间手艺创造了天然的孕育环境，至今仍然是中国技艺、美食和旅游文化的胜地。

如此，鸟儿亦十分愉悦地在枝头上歌唱，有人说鸟儿吃啥，这个缘由便需说到人与鸟的关系，即中国古人向往的"荷笠带斜阳，青山独归远"。

鸟儿在歌唱，我们在鸟儿的俯瞰中愉快地进食。一座绿荫成林的山上，浓密的小叶榕遮蔽了太阳，遍山是知了的歌唱。我想，这或许就是古人说的书剑英雄背刀挂剑的日子。

鸟儿觅食、吃食是生物最基本的生存基础，况乎人类。

鸟儿觅食、吃食是我们人类常常见到的。

我在重庆旅游胜地二战盟军总部之外的豆花一条街里，

憧憬着中国人的两个一百年。想到了唐朝诗人李绅的《悯农》，里面的"锄禾日当午，汗滴禾下土。谁知盘中餐，粒粒皆辛苦"常被用来告诫大家要珍惜粮食。

　　故此，在饮食上，您将豆花做好了，认识到人类最基本的食物不是大鱼大肉，而是黄豆做成的豆花，您就学会了如何去找工作、做工作、完成工作，对未来就有了一半的信心和决心。一个人只有解决了温饱，了解了生活的本质，才能去实现人生的理想，追逐您的梦想。

清明菜

胡志金

清明菜多用来做成糍粑，北方称饼。

以前，在重庆杨家坪直港大道前的山峰上到处可见清明菜，那山是出奇的高，层峦叠嶂，一条山间小路蜿蜒在丛林里。春天里，阳光落在草地上，就看得见清明菜在陡壁的山崖边随风摇曳。

清明菜的花很小，叶呈灰白色的长条状。红军在经过四川大巴山一带时，就曾遍地寻觅清明菜来充饥，从而在极度贫困的巴中、南江、城口、万源等地成功地击溃了国民党军的围追堵截，顺利出川，并在四川省崖壁上留下"反对土豪劣绅压迫农民剥削穷人"的标语。

清明菜糍粑在当时是红军的主食，相传是一位四川籍红军从祖辈那里传承下来的手艺。后来红军到达陕北后，这道菜从此消失，红军很怀念清明菜糍粑，便将它取名为红军菜。

有一次，一位朋友从成都来，不知道重庆杨家坪直港大道的由来。直港大道如今是重庆的美食一条街，全长一点五公里，两边聚集了各种美食店铺近百家，能做出各种美食，包括许多稀奇古怪的火锅，在直港大道都找得到。

直港大道的前身是建设工业集团附近农村的菜地，这些菜地两边就遍布清明菜，野生的，到了清明节前后，多有建设厂职工家属来采摘，拿回去洗净，切碎，包在包子里，蒸熟了吃。计划经济时代，吃肉得凭肉票，于是我们厂很多职工家属就种下了自留地，还有就是养猪。

在四川，清明菜虽很常见，但真正能将它做成糍粑，并让人难以释怀的很少。我记得最清楚的是母亲做的清明菜糍粑，做法很简单，就是将清明菜切碎，揉进面粉，放到锅里慢慢蒸，蒸熟了就是清明菜糍粑。清明菜糍粑吃起来没有啥味道，只是偶尔想起来时，便馋得不得了。

现在，已经不常见到清明菜的踪迹了，原因是人们在吃了鸡鹅鸭之后，极想吃的就是诸如清明菜之类的野菜，于是千方百计去寻找，就像端午节前人们对艾草的追求，凡是山崖边、田地里、河滩上，只要看见这个东西，就会欣喜若狂。

不过，凡是在人们视线里渐渐消失的东西，在我们的餐桌却常能看到。餐馆的清明菜从何而来呢？据了解，餐桌上的清明菜大多不是野生的，是集团化、农业化的产物，是在大棚里生长出来的。

高粱粑，自家夸

胡志金

在南方许多地方，糍粑是最受欢迎，也是最著名的。

我们今天在吃油条和糍粑时，只能见到锅里香油清亮，可以照见人的面影，但却看不到别人凌晨3点起床生火、制油，把炸糍粑的过程经营得有条有理，让早起的顾客能吃到新鲜的油条和糍粑。

糍粑，在长江流域，特别是西南三省以及两湖地带，是一种食品的总称，大体是指用捣碎的粮食做成的饼状食品。因原料和做法方式繁多，各地各有特色。

糍粑按原料不同有糯米、小麦、玉米等。按制作方法有蒸、炸、煮、烤的分类。在不同的时节，如清明、三月三、春节，甚至有专门的做法。比较有名的糍粑有桐子叶糍粑、油糍粑等。一些南方少数民族，如苗族、纳西族，也将此类食品称之为粑粑。

做糍粑俗称打糍粑，是农家春节前的一件盛事。因打糍粑是一件力气活，年轻力壮的小伙子要互相到各家帮忙，因此常惹得年轻姑娘到场观看。各家将糯米饭弄成团的方式不尽相同，有的用碓来舂，有的用木杵来杵，有的用木槌来槌，有的则用细竹扎成把子来戳。

因糯米饭太黏，纵使冬腊月的天气寒冷，年轻人也要脱掉上衣赤膊上阵，即便如此也常累得汗流浃背。力气不济者往往还会被饭团黏扯倒，引得姑娘不停地嬉笑。对那些力气足、动作干净利落的小伙子，姑娘则会大声喝彩，有的还会唱山歌给予奖励。这时满屋欢声笑语，小伙子早已把劳累与严寒抛到了九霄云外。

小伙子将糯米饭打成团后，上了年纪的人就开始做糍粑了。将黏饭团扯成小坨，放进木模中挤压，再捶出，就变成了又圆又大的糍粑。因木模内雕刻的花纹不同,做出的糍粑花形也不一样。外圈有圆线纹、回形纹、点状纹、缠枝花纹等纹路,中间则有寿桃、牡丹、石榴、仙猴、双喜字、喜鹊闹梅、鲤鱼跳龙门等图案。加上糯米原料质地晶莹玉润,看起来像是一件件精致美丽的艺术品。

因为糍粑有易存放、不易变质、易食用等特点,在四川人的生活中,糍粑有着不同寻常的意义。

春天是农忙时节,糍粑便被派上了很好的用场。上山时,人们随便弄来一些干柴,燃起一堆火便可烧起糍粑来吃;家中来客人时,围着火塘拉了一段家常后,也能用火塘上鼎罐里烧开了的水和着甜酒与糍粑,煮着招待客人;尤其是四川人为儿子定亲拜年时,一对大如明月、象征团圆的糍粑是必不可少的。

糍粑的大小一般有这样几种:经常用于食用的普通糍粑直径两三寸,厚一厘米;大一点的直径约为一尺;最大的有用十余斤糯米做成的,但此种糍粑一般用于婚庆之类的喜庆日子。

在糍粑快做完时,由心灵手巧、最会做糍粑的妇女做几个大糍粑，这种糍粑被称为"破拢糍粑"。这种糍粑一般都要留到正月十五，有的甚至留到过清明节时才吃。它既象征着五谷丰登，又显示出了四川人的大方。

破拢糍粑的来历还有一个传说，相传董姓人祖先原有九个兄弟和一个妹妹，妹妹出嫁后又多了一个女婿。由于董姓氏族强大的力量，皇帝担心影响朝廷的统治地位，便派来官兵试图将其斩尽杀绝。官兵来时正逢腊月二十八打糍粑的时候。

董姓人的祖先看到来势汹汹的官兵，急忙将槽中打的糍粑分成几坨用簸箕端上山，进行逃避。官兵走后，几弟兄端着已经变硬的糍粑回到家里，吃时只有用刀子切成小块烧起来或煎起来吃。后来，这九个弟兄和妹妹各居一方，繁衍后代，但都没忘记当年的苦难，为了纪念这件事，此后过年时都制作几个这样大的糍粑用来分食，这种习惯后来被他们的子孙后代承袭了下来，并渐渐变成了一种习俗。

糍粑制成之后，一般五个一叠地放在案板上冷却，干冷后在家中一干净的器具里放上七八天，然后再用山泉水浸泡，隔个十天半月换一次水。

糍粑还是拜年赠送和回赠的最好礼物，在四川就有"拜年、拜年、糍粑上前"的民谚，言下之意是糍粑是四川人走亲串门的必备之物。特别是农村人给城市的亲朋好友拜年时，糍粑很受欢迎。

从小面到重庆小面

胡志金

北方人说的面条在重庆被人称之为小面。小面，在餐饮界的分量不小，其消费群体甚至远远超出盛名在外的重庆火锅。吃小面，吃的是一种文化，吃的也是一种享受。在重庆大街小巷，随处可以听到这样的声音："老板，二两小面，汤宽点，青菜多点，面硬点，搞快点……"几勺调料，少量的葱花、青菜，二两面条，无论是大老板，还是小姑娘，吃的就是那份熟悉的味道，要的就是那种满足的感觉。

四川各地的面条均大同小异，青年时

代我在川中资阳曾多次吃到过芍子面,一个面容姣好的姑娘为你在即将吃到的一碗面条里扎扎实实舀上一勺肉末,接过碗,你用筷子扎扎实实一挑,味道就出来了。

而流行在山城的三百多年的小面在面条的粗细和佐料上是不一样的,是下了扎扎实实的功夫的。小面的味道在麻辣香的底色里,再加上一点儿绿叶子小菜,这便形成了红绿相间的景象,油腻的面条加上菜叶儿的清凉,山城美食的色、香、味皆有了。

那时候,重庆小面却一点也不出名,城市里看到最多的就是它了。在山城大街小巷的角落,你任意瞧上一眼都有小面摊,食客坐在那里吃得热气蒸腾,一经热汗散发,食客脸上便呈现出少有的红头花色(气色好)。

现在全中国都在吃重庆小面。

《舌尖上的中国》播出后,重庆遍街的小面也摆脱了原有的乡土气,开始有人来评选了。重庆小面里评出一百强有些略多了,干脆就来一个"重庆小面五十强"。也有人说"重庆小面五十强"是一个在外地的重庆名人发起的,他回到重庆吃了一碗麻辣小面之后,大加赞赏,回去后在电视台里一宣传,重庆小面的名声就不胫而走了。

盛名之下，也导致现在的重庆，即使一个做筷子的小作坊，似乎也用数十强来支撑门面。但在以前，像现在人们说的牛肉面、肥肠面、豌豆面、泡汤面、海椒面等，在当时都可以放到面碗里叠加起来。那时候价格几乎也是统一的，你花上七八元钱便可享受到含量很高的肉类蛋白。

据一位北京出版业的青年女编辑讲，现在重庆小面在北京卖到了十元一碗，一碗也就是二两，其实谁也没有去专门称过，都是任凭挑面人随意抓一把，二两应当是有的。

严格讲，重庆小面还不是正宗的川菜，但是这道面食却给了中国人无穷的力量。首先是它的辣，可以让你辣得舌根发麻，一定要喝一大口冷开水才能止住。有幸的是，我见好些朋友受得了，也非常喜欢这种辣得钻心的味道。

由于加盟重庆小面的朋友遍布全国，我看到大大小小的小面老板来重庆采购小面的大葱、小葱、辣椒、藤藤菜，甚至连调味盐的采购也已经常态化了，每天由快递发往全国。

我估计，终有一天重庆小面会走出国门，走向全世界，在莫斯科郊外的晚上，给那些曾经只吃过土豆烧牛肉的朋友，来一道重庆小面的麻辣鲜香,就连面汤也不留下;在美国的纽约、华盛顿、芝加哥这些世界名城,也会看到重庆小面遍布街头,让美国人欲罢不能!

重庆小面里的辣

胡志金

有一天，我来到路边两个大铞锅前，大铞锅被两个煤气罐燃烧起的蓝幽幽的火苗烧得热烟滚滚，两张塑贴的桌子摆在街边，凳子就是我常见到的塑料制品的凳子。因近在咫尺，大铞锅前的一个姑娘在听我说来二两小面后，也不看我，一手抓起笤箕里的面，就往锅里丢。

接着这姑娘在碗里先倒上酱油，再放葱蒜，最后添上麻辣佐料。麻辣佐料是重庆小面的关键，有人说里面放了罂粟壳，有人说加了独家的橘子壳，或者说海椒是贵州的，花椒是陕西的，油是四川的，人是中国的，等等，众说纷纭。

这时，姑娘就把一个汤勺里的某种东西往锅里一倒，再转身过来挑面，这时面在锅里也差不多了，就要把面挑到顾客的碗里。面或多或少，就看老板的心情了。

面挑好了，我看见大铞锅旁边的一个筲箕里盛着芫荽，这是一种可以生吃的绿色植物，极嫩，绿得耀眼。一刻钟下来，我和朋友已经吃出了毛毛汗，后来有人说，如此这般重庆小面的味道就出来了。吃小面，你要吃得满头大汗，否则你就白来了。

在重庆的干冷的冬天，刚刚吃出一点毛毛汗就是中医说的判断阴阳表里寒热虚实的最佳时分了。

时间转至2015年，中央电视台播出一档节目《舌尖上的中国》，其中有一个专题片里播的就是重庆小面，从小面的制作讲到小面的大碗小碗，将小面翠绿的葱花、红油四溢的面条表现得淋漓尽致。专题片一经播出，一下子红遍了祖国的大江南北。

在重庆杨家坪直港大道上，一走进店里，白色的瓷砖配着枣红色的桌子，折叠椅上的金属螺丝钉闪闪发光。你伸手一摸，桌子上没有半点油渍；你到热腾腾的伙房转一圈，也极为整洁干净。店堂不大，几张桌子，十几张金属折叠椅整齐划一，就等你来。

《舌尖上的中国》是应当载入史册的，好多中国人在看到这个后，不远千里来到了山城。那些日子里，我不出远门就看到和听到来自祖国四面八方的青年男女，有新疆的，有内蒙古的，有北京的，有江苏的，有广东的，甚至还有跋山涉水从海南来的，大家为了一个共同的目标——重庆小面，走到了这里。

这些前来实习学面的朋友，第一天就穿着印有"明天更美好"的大围裙，蹲在小面馆前的地坝上择菜。据称这是学面的第一步，接下来是看老板在厨房里煎油，这是最关键的，小面的味道如何，全靠红油打底，葱花和佐料都是其次。上面讲的那些食材，也就是小面的配方了。

现在，你随意走进一家小面摊，就可以领略到重庆小面的味道。首先是那种红油四溢，用筷子一挑就有麻辣的香气扑面而来——这就是重庆小面。这时候你再翻一下面的内容，就会看到碗里的面条里有葱花、蒜米,当然辣椒是必不可少的,否则就不能称麻辣,最显眼的还是蔬菜。当然,让你看得最重的和吸引你眼球的仍是面条的味儿和分量。

乡村老腊肉

胡志金

  老腊肉好像只有四川才有,而且好像只有四川农村的老腊肉才最有味道。

  我当年是在四川资阳县大腰公社插队,当地社员称那里为大腰店,小街呈人字形,公社小食店是一片有着百年历史的老店,很古旧,里面的老腊肉格外好吃。

  老店里的厨师姓徐,小个儿,面皮白细,长相温和。我在路过老店时,经常能看见徐师拿着锅铲,穿着围腰在锅台边转,房梁四周都浮漾着晕晕黄黄的阳光,一只白色的蝴蝶飞来,在小食店的房梁上飞来飞去。

这天我进去的时候正好与公社书记擦肩而过,我们两个人都没有说话。我说:"来一盘老腊肉吧!"徐师应了一声,操着锅铲在一口大锅边转。红黄的火焰从石头砌成的火眼里喷射出来,映得白色的粉墙上火光直闪。

中午光景,公社广播站正播放着一首动人的歌:"天上的星星朝北斗,地上的葵花向太阳……"公社小食店对面那座土墙屋里再次传出缝纫机哒哒哒的响声,那只伏在茅草屋上的猫一直安卧在太阳底下,半眯着眼。一棵从公社小学教室门前罩落下来的树冠几乎遮住了一条小街的半边日头。一会儿,太阳软软地有了几分惬意。

我看到徐师把切好的肉倒进锅里,早就准备好的油在铁锅里烧得油花迸跳,香气四溢。肉倒进锅里时,肉与油瞬时搅动,徐师的铁锅铲不时翻炒,最后再将蔬菜一并倒入锅里。

这时,徐师把围裙捞起来挟在腰上,转过来去看火,他把火门打开,往灶里铲一小撮湿煤,再把鼓风机开到最大风力。徐师丢了这头,再回过头来把锅铲拿起在锅里翻炒。

不到十分钟,徐师便将灶台上的一叠细花瓷盘顺手拿来,锅铲铲起老腊肉,于是那手里的一个细瓷盘碟儿里便油汪汪地堆满了老腊肉，油依然顺着碟儿边缘淌下来。四川老腊肉必不可少的佐料也是火的颜色。瓷碟儿边缘上印着的文臣武将，少说也有三百年光阴，亦是这个乡村小食店里最有历史的见证。

老腊肉在其他地方，我都吃过，但只有用乡村种出的蒜苗才是正宗的，其他的都要差一个味儿。还有就是火候，火大了，老腊肉就成了盐煎肉；火小了，老腊肉就成了硬牛肉，嚼不动。

这时我叫了一声："徐师，再来半斤干白饭！"就在我叫这一声干饭时，厚重而气定神闲的光阴在这里勾勒出了另一个身影。我夹着老腊肉的时候，公社书记黑胖胖的身影走了进来。这位让全公社的贫下中农和知青都为之胆寒的大汉，酷似一条梁山英雄。当时公社小食店里的氛围十分沉静。

公社书记背着手走到青石灶台边转了一圈，对徐师说："炒一盘老腊肉！"徐师的脸很白净，正穿着一条青蓝布的围裙，手在围腰上搓了几下，说："几十年了，大腰店就只有这个老腊肉能拿得出手哈！"

门外的天空很纯净，香气在木榫的白墙黑瓦间飘散。那只猫还趴在茅草屋顶上晒太阳，人在大腰店的石板街上慢慢地行走，在光影里很温馨。

徐师在灶台边问道："味道如何？"

公社书记坐在一张木头本色的方桌边，一边喝酒，一边夹着一片片的老腊肉，说："你徐师炒的老腊肉，那是没有话说！"

离桌时，我站起来付钱，与公社书记擦肩而过，公社书记黑黑胖胖的脸上毫不动声色。这会儿，抹着嘴从桌前站了起来，公社书记完全没有要看我的意思，我径直从他的旁边走了过去。这时又进来一个人，徐师又喊："吃啥子——"来人扛一根扁担，扎一条草绳，似江湖上背刀挂剑的侠客，沉稳地说了声："还是老腊肉！"

公社的小广播还在唱："北京有个金太阳，金太阳，照得大地亮堂堂，亮堂堂……"

老腊肉现在炒得更加大众化了。主要原因是佐料变了，从前用的郫县里的豆瓣和菜园土里摘来的蒜苗，如今均是火车和汽车拉来的，你要说新鲜是谈不上了。不过，老腊肉仍是四川的特色美食，老腊肉里的蒜苗、豆瓣、海椒，它们的味道是任何一个地方也取代不了的。我在川中资阳县插队时，这里的乡民都是烧芭茅和柴草的，这样炒出来的老腊肉就特别有柴草的风格和味道。

离开乡村四十年后，我再次拜望徐师的小食店，想再端一盘徐师炒的老腊肉。当然，这显然是不可能了，徐师早已逝去，而老腊肉也随着市场经济的到来而渐行渐远。这里的乡民都到城里吃老腊肉去了，没有人再记得面皮白净、小个儿的徐师，老腊肉也远走高飞，上到成都，下到重庆，最远的已经漂洋过海到了世界各地。当年一些插队的知青异口同声地说："大腰小食店那个老腊肉还可以，又便宜，你想嘛，三角钱好大一盘子哟！"

这一年下了雪，我坐在公社小食店里夹着一片老腊肉往嘴巴里送时，看见百年老店的小街上飘起了雪花。小食店门外的雪花纷纷扬扬地下着，渐渐地铺了一层。这时，我才记起蜀中是极少下雪的，一下雪便极见风采。小食店里的徐师还在铁锅里翻炒老腊肉，肉香与绒雪飘散在广袤的田野。老腊肉特别香，那香味一直在广袤的田野间飘浮，伴着四川乡村的蒜苗香和豆瓣香飘散天外。

水煮肉片

彭忠富

今年7月,我生平第一次来川南盐都自贡,此地上坡下坎,犹如山城重庆一般。平原城市的自行车,在这里踪影全无,这是自然选择的结果,也造就了自贡独特的城市景观。

更奇特的是,街心花园中到处都是闲庭信步的恐龙雕塑,恐龙已然成为自贡的城市名片。在自贡大山铺镇的周围,分布着众多的恐龙化石。大自然如此眷顾自贡,让它成为世界恐龙种群的聚居地,这真是自贡的福气啊!

自贡恐龙博物馆的广场上,有一个"生命之泉"的雕塑。一只小恐龙刚破壳而出,伸着小脑袋四处张望着四周,似乎对周围的世界充满了好奇。其实我们人类不就像那只小恐龙吗?对于恐龙成为世界主宰的那个时代,虽然我们通过古生物化石找到了一些门道,但是这其中还有多少奥秘等待着我们去破译啊!

那个时代到底是怎样的呢?博物馆内利用声光电和恐龙化石骨架专门营造了一个远古场景,展示了形态各异、大小不一的恐龙化石:有一家三口相依相伴的天伦之乐,有舐犊情深的母亲喂儿图,有奋起反击的恐龙恶战图,也有卓然挺立、顶天立地的孤独客。

至于恐龙的名字,就各不相同了,鸿鹤盐都龙、和平永川龙、甘氏四川龙、多齿灵龙等,各有各的名字,也各有各的形态。

化石是没有生命的,但是博物馆却独具匠心地留下了一块恐龙化石发掘现场。一些工人正在那些石头上忙忙碌碌地敲打着,在他们漫不经心的敲击下,恐龙的一些化石骨架若隐若现,而这叮叮当当的敲击声让寂静的博物馆多了许多生气!

这虽然是一种表演,却在无形中又让我们增添了不少知识:原来恐龙化石就是这样一块块地发掘出来,最后组装成了那些千姿百态的化石骨架,科学家们功不可没啊!如果没有恐龙博物馆,自贡的魅力应该会大打折扣的!

走进自贡的恐龙世界,看一代霸主在地球上如何慢慢消亡。在心灵的震撼之余,你会发现,再强势的王者,也会在时间的舞台上落幕。那么,我们又该如何度过自己的人生呢?人生苦短,善待他人、善待自己,更要善待周围的万事万物,这就是我们的选择!

走出恐龙博物馆,天色已晚,当地文友老周带我们去吃盐帮菜。盐帮菜,自然跟自贡井盐有关。这里的井盐业,肇始于东汉时期,唐宋时已闻名全川。史籍称此地"衍沃饶润""过于他郡""商旅辐辏""邦赋弥崇"。清代咸丰同治年间,自贡已成为四川井盐中心产场,独执四川盐业之牛耳。本地年产盐三百多万担,销售川、滇、黔等地二百余州县,供全国十分之一人口食用,成为"富庶甲于蜀中"的"川省精华之地"。

经济的繁荣,人口的聚集,文化的昌盛,使这里的川剧、灯会、饮食渐次成为川南乃至整个四川的首善之区。清中叶时的自贡盐场，火旺水丰的井盐业，不仅吸引了来自晋、陕等省的投资者、经营者来这里开设井灶、钱庄、票号，而且还吸引了周边及贵州、云南的劳动者来这里作直接或间接的劳工。

当时常年聚集在盐都的盐商与盐工即达二十万人左右，按不同的社会分工被称为各种行帮。盐商有井帮、灶帮、笕帮、银钱帮、竹木油麻帮；盐工有山匠帮、锉井帮、辊子帮、烧盐帮、屠宰帮、车水帮、橹船帮等。百里盐场，市井繁华，酒肆林立，会馆密布。不同层面的饮食消费和嗜好，不同地域的饮食文化交融，使自贡逐步形成了独具风味的盐帮菜系。

自贡如果不出盐或者量太小，那么盐帮菜就无从谈起。既然称为盐帮，那么说明依附于食盐产业链上的人员就非常之多，这其中有盐工，也就是那些下苦力的人群；当然还有盐商，就是通过招募工人制盐或者贩卖食盐而得以跻身于富豪之列的人士。

历朝历代，食盐作为特殊商品都是纳入政府专卖管制的，因此直接取得食盐的专营开采权和贩卖权，想不发财都难。盐商富甲一方，自然得讲究排场，珍馐美味吃腻了，就别出心裁地开发出许多怪异的吃法来，如小碟田鸡肚，得用上百只青蛙，剖其腹，取其肚，先后用猪油、麻油爆炒而成，尤需注意掌握火候，非做到鲜脆不可。吃空心菜，也只要每根顶端两片似雀舌大小的嫩叶，若干斤空心菜才能做上那么一碟，用麻油炒，鸡汤烹，称之为"鸦雀嘴"。

　　盐商们的阔气那是有经济实力在支撑，盐工们只能望洋兴叹，但是他们也会因地制宜，也因此烹制出了许多盐工特色菜来。会馆菜是指出自自贡各种帮会会馆的菜。自贡的井盐生产使自贡的帮会众多，会馆林立，从而产生了盐帮会馆菜。这些外埠人士在发财致富后为款叙乡情、沟通信息、议决会事，纷纷建立起自己的组织和活动场所——同乡会馆，如陕西人的西秦会馆，广东人的南华宫等。

　　因此盐帮菜，大致可分为盐商菜、盐工菜和会馆菜。盐帮菜善用椒、姜，料广量重，选材精到，煎、煸、烧、炒，自成一格；煮、炖、炸、熘，各有章法。盐帮菜尤擅水煮，比如水煮牛肉、水煮肉片、水煮鱼、水煮大虾、水煮豆腐等，形成了区别于其他菜系的鲜明风味和品位。

　　水煮菜，其实就是一种汆煮菜，但是又不能归结为汤菜。

水煮肉片是水煮菜中的代表菜。按照传统做法，水煮菜的配料有三种，一是莴笋尖切成片；二是蒜苗切成段，将蒜苗头拍破；三是芹菜切成段。三样配料中，蒜苗、芹菜都自带芳香味。猪肉要选里脊肉，切成薄片，放在加有苏打的清水里浸泡三四分钟，然后把肉捞起来，码味码芡，码芡要厚一点，多余的芡粉可以把汤汁收浓一些。

做水煮肉片时，先把锅里放点油烧热，将莴笋尖这些配料煸炒一下，铲起来。锅里再放点菜油烧热后紧接着炒豆瓣，炒出颜色和香味后，把莴笋尖等重新倒进锅里，混合着炒一下再掺汤煮。因为莴笋尖等煸炒过，故而煮的时间不能过长，然后把它们盛起来装进碗里做垫底。待汤再烧开时，把码好味、码好芡的肉片抓进锅里，稍微烫一下，用筷子把肉片拨散。因为肉片码芡后，多余的芡粉便起了扯芡的作用。把带稀糊浆的汤汁舀起来倒在垫底蔬菜上，依次撒上葱花、刀口辣椒、花椒，分层次淋热油上去，一阵阵香味扑鼻而来，水煮肉片就这样做成了。

水煮肉片菜烫，麻辣味重。菜烫，是芡汁护温的结果。水煮肉片越吃越清，吃到最后，剩下的就是一碗汤。做水煮肉片关键在掌握火候，汆煮肉片的时间不能过长，肉片一滑散，汤汁一收浓，菜就要起锅。

当一盆水煮肉片摆在我们面前时，禁不住让人眼前一亮。汤汤水水的，分量很足，中间撒着一撮绿色的芹菜段、葱段，簇拥在周围的则是大量红色的辣椒段和花椒粒，颜色稍浅的就是这道菜的主角肉片，粉粉嫩嫩的样子。

还好我们是四川人，早就见识了辣椒的厉害，因此就算放了那么多的辣椒也没有把我们吓到。如果平时不喜欢吃辣椒的，看见这道菜肯定会吓得不敢动筷子，这也敢吃吗？不辣死才怪呢！

用筷子在盆里轻轻地搅拌一下，原来水煮肉片里面还有许多的配菜，例如白菜叶、豆芽和蒜苗。我们点了几瓶冰镇啤酒，边吃水煮肉片边喝啤酒，倒还可以缓解一下这道菜麻辣烫的猛劲儿。

水煮肉片其实菜多肉少，味道近似于麻辣火锅，吃完之后全身冒汗，颇有酣畅淋漓之感。水煮肉片肉嫩菜鲜，汤红油亮，麻辣味浓，最宜下饭，为冬季家常美食之一。

东坡肉

彭忠富

去眉山旅游，三苏祠自然不容错过。三苏祠位于眉山市中心城区纱縠行南街，是北宋著名文学家苏洵、苏轼、苏辙的故居，明代洪武元年改宅为祠，祭祀三苏，明末毁于兵燹，清康熙四年（1665年）在原址模拟重建，现成为占地一百零四亩的古典园林。

三苏祠庭院一直是文人墨客和广大民众拜祭圣贤的聚集场所。经数百年的营造，周围红墙环抱，绿水萦绕，荷池相通，古木扶疏，小桥频架，堂馆亭榭掩映在翠竹浓荫之中，错落有致，形成"三分水，二分竹"的岛居特色。南大门门楣上悬挂黑底金字横匾，上镌清代大书法家何绍基所书"三苏祠"三字。门柱对联"北宋高文名父子，南州胜迹古祠堂"。走进三苏祠，只见祠内红墙环抱，绿水萦绕，古木扶疏，翠竹掩映。屋宇典雅，堂廊相接，匾额对联，缤纷耀彩。

现存的三苏祠建筑，大多数是清朝时期修建的。前厅为悬山式屋顶，抬梁式梁架，三楹四柱二室。前厅之后是一四合小庭院，穿庭院正中石权路，上三级垂带式台阶进入正殿。正殿又名飨殿，大殿内塑有三苏父子像，正中悬挂一匾"养气"。正殿前廊两侧，置放有铁铸钟一口，大鼓一架；殿两侧各有一方墙门道，西为"文渊"，东为"学薮"。

绕正殿后房廊，下三级踏道，顺石板路前行十余步即到启贤堂，启贤堂原是苏家供奉祖先神位的祭堂。堂前有正殿，东厢房和快雨亭三间构成不规则的四合庭院，正值八月中秋时节，园内金银月桂争艳吐蕊，香溢满园。

启贤堂后为木假山堂，据说，苏洵偶得木假三峰，购置于家中，并撰写《木假山记》，叹其："不幸而为风之所拔……漂沉汩没于湍沙之间……然后可以脱泥沙而远斧斤"之幸者。赞其"予见中峰，魁岸踞肆，意气端重，若有以服其旁之二峰。

二峰者，庄栗刻削，凛乎不可犯，虽其势服于中峰，而岌然决无阿附意"，木假山峰昭示着不朽的道德精神和高风亮节。

整个祠堂并不大，而建筑颇不少，如抱月亭、木假山房、百坡亭、启贤堂等，但给人的感觉并无壅塞。因为已被古木竹石间隔包围，反倒显得古意盎然。看过木假山堂、来凤轩，转向披风榭，此处有东坡石像。只见溪畔石上，苏东坡斜倚散坐，头戴学士帽，胸前蓬蓬然长髯自然飘逸，神情悠远而略带沉思。

楼台亭榭，古朴典雅；匾额对联，词意隽永。祠内有苏洵、苏轼、苏辙和程夫人、任采莲、苏八娘、王弗、王闰之、王朝云、史夫人及苏家六公子等十余人的塑像，还供奉有眉山始祖苏味道画像和列代先祖牌位；有木假山堂、古井、洗砚池、荔枝树等苏家遗迹；有三苏祠沿革展、碑廊苏轼手迹刻石八十多通，宋、明、清、民国碑约三十通。

除此而外，馆内还收藏有上万件有关三苏的文献资料和文物，是蜀中最负盛名的人文景观。清代张鹏翮撰大门联赞三苏"一门父子三词客，千古文章四大家"，最为大雅。

从古色古香的三苏祠里踱步出来，我们旁若无人地吟诵着"大江东去，浪淘尽，千古风流人物……"，惹得路人都投来异样的目光。说实话,中国古代的文人中,我最佩服的就是苏轼。在群星闪耀的唐宋时期,苏轼在诗词和书画等方面,均取得了登峰造极的成就,是中国历史上少有的文学和艺术天才。

不仅如此,苏轼还是一个伟大的美食家。他不仅爱吃,喜欢记录与食物相遇的美妙,其一生还自创过很多菜肴。

苏轼的家庭说不上富有,但也衣食无忧,即便如此,苏轼小时候和他的弟弟苏辙常吃的也是"三白"之饭,即一餐只有一碗米饭、一碟白萝卜、一碟盐,但这样仅可以充饥的食物却滋养了两位文学大师。

四川自古就是天府之国,以丰富的物产成为历朝历代的粮仓,而物产的丰富也带动了美食的发展。那时候,辣椒还没有传入中国,因此那时的川菜并不像今天这样麻辣,但鲜嫩肥腻的风格已初露端倪,尤以淡水鱼和猪肉的做法天下闻名。而苏轼的母亲不仅是一位能读懂《汉书》的才女,更是一位厨艺高手,川人尚食的传统与母亲的熏陶,使苏轼也逐渐成了一位烹饪高手。

苏轼酿过蜜酒,配方为绵竹道士杨世昌所赠。《赤壁赋》

中曾提到"客有吹洞箫者，倚歌而和之"，这里的吹洞箫者就是苏轼好友杨世昌。杨世昌，字子京，是西蜀绵竹武都山的道士。杨世昌善画山水，能鼓琴，通晓星历，又精通黄白之术，多才多艺。他经常云游四方，寻访名山胜迹，因此也结识了不少学者、名流。太常博士、诗人文同，曾在《杨山人归绵竹》一诗中写道："一别江梅十度花，相逢重为讲胡麻。……青骡不肯留归驭，又入无为嚫晓霞。"杨世昌，骑一青骡，云游四方，浪迹天涯的生活，可见一斑。

苏东坡与杨世昌，是老乡，更是好友。他们经常在一起，饮酒作诗，流连山水。杨世昌善酿酒，而且是一种"蜜酒"。唐宋以来绵竹就是酿酒大县，《宋史·食货志》有绵竹设酒务监官的记载。酒是专卖品，官府设置酒务，管理酒的酿造、销售和课税收入。

酒的酿造，分官酿和民酿两种。官酿即为官府自酿自卖，民酿则由官府规定课税，征收酒税，允许酒商有开坊置铺、酿酒卖酒的专利权。酒税不仅是四川财政的主要来源，而且在全国的酒税中，四川也独占鳌头。据统计，宋高宗末年，全国酒税收入一千四百万缗，四川的收入占全国的49%。

杨世昌将蜜酒酿酒配方献于好友苏东坡后，东坡大喜，在其《蜜酒歌·序》中写道："西蜀道人杨世昌，善作蜜酒，绝醇酽，余既得此方，做此歌以遗之。"诗曰："珍珠为浆玉为醴，六月田夫汗流沘。不如春瓮自生香，蜂为耕耘花作米。一日小沸鱼吐沫，二日眩转清光活。三日开瓮香满城，快泻银瓶不须拨。百钱一斗浓无声，甘露微浊醍醐清。君不见南园采花蜂似雨，天教酿酒醉先生。先生年来穷到骨，问人乞米何曾得。世间万事真悠悠，蜜蜂大胜监河侯。"用蜂蜜所造蜜酒"香满城"，"百钱一斗"甘香味浓，可谓酒中珍品。绵竹蜜酒能得苏东坡如此赞誉，也是诗歌史、酿酒史上的佳话。

苏东坡还亲手制作过许多糕点和小吃，并将这些方法和制作心得集结成文。而世人皆知的东坡肉据说就是苏东坡创制出来的，现在已经成为川菜中的一道名菜，味道肥而不腻，深受食客青睐。要吃地道的东坡肉，当然要到苏轼的老家眉山来品尝。不论是豪华的酒店，或是逼仄的大排档，都能吃到眉山人引以为豪的东坡肉。

原料简单，就是平常的猪五花肉、老姜、葱结、花椒和精盐，另外还需绍酒、冰糖和熟菜油。烧制东坡肉也不复杂，一是刮去猪肉皮上的细毛，洗净，切成正方形块，放在清水锅内，用旺火煮约五分钟，捞出用清水洗净，竹笋切条备用。二是锅内放清水一千克，将肉加入，加葱结、姜块、黄酒，用文火烧一小时，肉约五成熟时，加竹笋、黄酒、花椒、茴香、盐巴、酱油、白糖、鸡精，连续用文火焖煮半小时至肉质酥糯。三是盛起，装入小砂锅内，每只锅内放三四块肉，皮朝上，加一点原卤，加盖后，上笼蒸半小时即成。

东坡肉菜色红亮，软和鲜香。用筷子夹起一块颤巍巍的东坡肉放进嘴里，不待咀嚼，那肉块似乎就能自己游走于肚肠之间，唇齿间留下的就是永恒的醇香。

苏东坡写过一篇《猪肉颂》："黄州好猪肉，价贱如泥土。富者不肯吃，贫者不解煮。慢着火，少着水，火候足时它自美。每日起来打一碗，饱得自家君莫管。"在这首诗里，苏东坡介绍了东坡肉的制作过程，强调了火候和煨法。这首诗在坊间广为传诵，黄州的老百姓都学会了东坡肉的制法。

后来苏轼到杭州任知州，组织民工疏浚西湖，筑堤建桥，使西湖旧貌变新颜。杭州的老百姓很感激苏东坡做的这件好事，听说他在徐州及黄州时最喜欢吃红烧肉，于是许多人上门送猪肉。

苏东坡收到后，便指点家人将肉切成方块，然后烧制成熟肉，分送给参加疏浚西湖的民工们吃。他送来的红烧肉，民工们都亲切地称之为"东坡肉"。

当时，杭州有家大菜馆的老板，听说人们都夸"东坡肉"好吃，也按照苏东坡的方法烧制，挂牌写上"东坡肉"出售。这道新菜一应市，那家菜馆的生意很快兴隆起来，门庭若市。一时间，杭州不论大小菜馆都有"东坡肉"。从此，东坡肉成为汉族地区的传统名菜，一直流传至今。

川菜洋洋大观，以地名命名的不少，以人名命名的却寥若晨星。东坡肉，算是其中的一个特例吧。看上去形状方正、红亮剔透，闻起来荤香扑鼻，吃起来糯而不腻，咸甜适中，香酥而软烂可口。能攀上苏学士的盛名，这真是那些五花肉的荣幸了。

至于东坡肘子，也和东坡肉的做法类似。先将猪肘子用热水浸泡一小时，然后煮半小时后加入花椒、干辣椒、姜块、葱结、白酒在锅里慢炖两个半小时，当筷子能捅过肉皮站立时，就说明肘子已经熟了。做浇汁也不容马虎，用姜末、豆瓣酱、辣椒、白糖、酱油等，调出色香味美的浇汁儿，让姜的辛辣和豆瓣酱的香浓沁入肘子，最后撒上青葱粒和香菜末即可。吃东坡肘子，如果能够佐以酸爽可口的开胃泡菜当然最好不过了。肘子的醇香，泡菜的酸辣，混合成一股美妙的复合滋味，在舌尖上恣意奔放，让人浑身畅快舒坦，这就是美食的魅力。

东坡肉是如今宴席上的常客，但年轻姑娘们囿于身材压力，只敢远观不敢动筷子。而中老年男士们无所顾忌，自然对东坡肉是青睐有加。

吃着东坡肉或东坡肘子，我们就会想起那位多才多艺却又怀才不遇的北宋名士，想起那些脍炙人口的诗文，就会不自觉地吟诵起："明月几时有？把酒问青天。不知天上宫阙，今昔是何年……"

卤菜美

彭忠富

那天在北辰宾馆聚餐。李哥得知我们在这里消费，说什么也要过来敬杯酒略表地主之谊。

李哥先在教育局任办公室主任，后又在学校任职副校长，是县内公认的才子之一。当初他本来有机会到市报社去当编辑，调令都下来了，可是教育局不放，这事也就不了了之了。

我们都替他感到遗憾。谁知李哥却说，凡事祸福相依，以他当年的才情和人脉，说不定能在市里混个一官半职，但权力往往伴随着风险,假若一时没管住自己,肯定锒铛入狱了。如今时过境迁,还是觉得现在安稳,看看闲书练练字,写点理论文章,日子倒也过得惬意。

前辈蓝翁曾告诫我说:"做人不要太认真,但也不要太不认真!"太认真,你会活得很累,成为单位上的另类;太不认真,则说明你不学无术,混日子都混不下去。看来生活这碗陈酿,我们还得浅斟慢饮,才能品出些许真味儿。

大家寒暄一番,话题转到今天的菜品上来,都对桌上的卤肉赞不绝口。那半肥半瘦的卤肉,蘸点卤汁放进特制的白面锅盔里,送进嘴里一口咬下去,一股醇香似乎瞬间从你的每个毛孔钻出来,浑身通泰无比。卤肉锅盔外酥内嫩,荤素搭配,实在是人间美味啊!

李哥得意地说:"这卤肉是宾馆的招牌菜。卤肉用的卤汤来自20世纪60年代,一直沿用到现在。试问,其他地方有这么陈的卤汤吗?"

白酒是陈的好,卤汤也是陈的好,二者之间似乎有相同之处。陈放越久,那么卤汤中的各种香料所释放的香味就越加纯正。再加上卤汤都是常年反复使用,那么陈年卤汤除了香料味外,还吸收了各种肉食的鲜味,二者之间相得益彰,这陈年卤汤就显得格外珍贵了。

看来卤菜味道的好坏，全在于卤汤的配制和保管，怪不得有些厨师说起自己的卤菜配料，总是顾左右而言他，现在细细想来，原来是怕自己的独家配方流传出去，被别人抢了饭碗啊！可惜这里锅盔太小，一人只有一个，一次只能夹一片卤肉，多了装不下。

我最喜欢吃卤肉锅盔，每次去成都春熙路逛街，逛得累了，妻女必定会吵着去吃肯德基。我便说：“洋快餐有啥吃的，炸鸡腿、汉堡包、炸薯条或者可乐，味道千篇一律，走遍全世界都差不多。譬如炸薯条这些，早就是营养学家认定的垃圾食品，吃多了对身体有害而无益。"

"不如我们去吃卤肉锅盔吧。如果你不喜欢卤肉，还有卤肥肠、拌三丝、拌耳片等其他选择。锅盔夹卤肉吃一个也就饱了。"在我的影响下，妻女去快餐店的次数也就逐渐地少了。

前段时间，同事们在讨论如何自己在家里卤制食物。在超市里购买现成卤料来配制卤汤当然是最顺当的，不过老罗说："我直接用酱油、盐巴、花椒等调料配制简易卤汤，照样做出了卤菜，只不过没有卤肉摊的那么美味罢了。"

其实卤汤里根本不能加酱油的，加酱油的卤水，时间越长，色泽就会越黑，卤菜便没有了看相。我们所见的卤菜均是金黄色，其实这种色泽的呈现来自黄糖。这就是学问了，看来做任何事情，都不能不懂装懂，不然会闹出笑话的。

回家跟岳母说了，她说："如果你们爱吃卤菜，我也可以给你们卤。"

岳母退休了，有的是大把时间挥霍。她从超市里买回来鸡翅、凤爪、鸭掌、豆腐干等，用香料包、食盐、黄糖、鸡精等熬好卤水，就开始做卤菜了。毕竟卤水是新制的，口味肯定没有腌腊摊的卤菜好，但也聊胜于无了。

其实除了美食实践者外，我们根本没有必要亲自去做卤菜。社会分工越来越细化，若事事都亲力亲为，倒显得不合时宜了。

在四川城乡，大至成都这样的都市，小到老家村口的鸡毛店，都能够找到卤菜摊的影踪，只不过摊位装修档次有高有低罢了。

卤菜摊，又称为腌腊摊子，除了卖卤菜以外，还会卖凉拌类、腌腊类、泡制类、油炸类菜品，鸡鸭鹅兔猪牛鱼，凡是乡村常见的家畜家禽，都可以登上腌腊摊子。以卤菜为例，常见的有卤猪蹄、卤猪脸、卤鸭翅、卤鸭脖、卤郡肝、卤鸭掌、卤鸡翅、卤牛肉等，只要是能够下锅的肉食，经过卤制之后都可以变成一道五味俱全的美味佳肴。

家里来了客人，大家为了让场面上好看些，除了在家里炒菜以外，都会在卤菜摊上买点方便肉食回来，凉拌菜、卤菜配搭使用，既可以佐酒，又适合下饭。说卤菜是方便食品，这是有原因的。拉开卤菜摊的纱窗，满眼都是琳琅满目的美味，散发出诱人的香味来，撩拨着你的味蕾，让你口水直流。

有人说，那些卤菜摊老板，肯定在卤汤里加入了罂粟壳，不然卤汤怎么那么香，吃了又怎会上瘾呢？谁知道呢，我们又没有证据，也不是工商局的，我们只管享受卤菜的美味就好了。

刚一拉开纱窗，老板就递过来一张笑脸："帅哥，今天吃点啥？"于是我对着那些美食一番指指点点，老板已经麻利地过秤报价了。卤菜很贵，现如今若只消费十块钱都不好意思说了，再怎么节约也得消费三十块以上。

"笃笃笃"老板在菜板上一顿忙活，那些大块的卤菜比如卤牛肉、卤猪脸就变成片状了，而鸡翅、鸭掌之类的杂件则直接过秤就好，买卤菜前后绝对不会超过五分钟。

那些卤菜摊子，都是十年以上的历史，有些还是爷爷传给父亲，父亲又传给儿子的。你想两三代人长年累月地做卤菜，就算是榆木疙瘩脑袋不中用，他们也会总结出制作卤菜的诀窍来。能够生存下来，而且坚持十多年不倒闭，那么他们的卤菜口感再怎么差，也不会差到哪里去。

有些卤菜摊，还逐渐闯出了名号，比如本地的陶猪脸、周板鸭、向牛肉等，生意都不差。大家都这么喊，久而久之老板的真名反而忘记了。其实这些名字，无形中已经成了这些卤菜摊的商标，只不过没有正式在工商局注册罢了。他们的卤菜摊，抓住了一大批回头客，有些人认准了这家的卤菜，甚至不惜走几里路去买。

在阆中古城闲逛的时候，正巧有家卤菜摊卤菜刚做好摆出来，主顾们就已经很自觉地排好队了。这样的生意，不火都不行，一个毫不起眼的卤菜摊，其月收入绝对超过大城市的白领们。

卤菜摊事实上以外卖为主，没见过谁坐在卤菜摊边吃东西的，再说他们也不提供桌凳。但是大多数餐馆也有卤菜摊，没有卤菜摊餐馆还搞不转。你想想吧,每天中午12点,大量零散食客陆续赶来,人喊马叫的,这个也点菜,那个也点菜,立灶的厨师绝对忙不过来。这时候有经验的服务员,就会首先推荐客人先点一些卤菜、凉拌菜、炖菜、蒸菜吃着。蒸菜、炖菜都是现成的,端上桌就行。卤菜、凉拌菜两三分钟就可以上桌,要命的就是炒菜,起码四五分钟,有的甚至要十来分钟才可以起锅。如果大家都点炒菜,厨师得累死。而有些食客等不及,就会上别家消费去了。

卤菜里面,我最喜欢吃的是卤鸭掌。虽说鸭掌肉少骨头多,但是当你从鸭掌尖一直吃到鸭腿骨时,一种成就感却油然而生。因为啃鸭掌,不仅要用到牙齿,还需要用手指去撕那些依附在骨头上的鸭肉,这样反而平添了许多乐趣。越是得不到的,越会让人产生强烈的征服欲望,而吃鸭掌的乐趣就在于此。

在绵竹乡村,过去也有骑自行车、摩托车转乡卖卤菜的。特别是每年抢收抢种时节,他们知道农民忙不过来,又想吃点好东西慰劳自己,就上门提供卤菜。每天下午5点半左右,在乡村机耕道上,就会传来一个男人沙哑的声音:"汆猪脸,稀溜汆的汆猪脸!"那年月没有电喇叭,全靠嗓子吼,男人吼得有气无力的，这钱挣得实在辛苦。

有时候如果父亲想给我们改善伙食，又懒得上乡场去买，就会照顾男人的生意。

老板的自行车行李架上，固定着一个一米来长、一尺来宽的大竹篮，用纱布搭着，里面就是油浸浸的扒猪脸了。猪脸鲜美醇香，柔而带刚，滋味悠长，父亲最喜欢用它来下酒。夹起一片猪脸来，放在嘴里慢慢地咀嚼一番，让那股鲜香味儿在全身游走，实在是美事一桩。

儿时跟父母去赶富新场，在篾货市的拐弯处，看见三四家摆摊卖卤肉的，一些老年人最喜欢打上二三两白酒，切三四块钱卤肉，就坐在那里有滋有味地喝起。当然，老板会提供小板凳，因为这就相当于活广告了。

那里的卤肉价格特别便宜，但父亲却从不在那里买。他说这些人卖的都是病死猪肉，吃了对身体不好。那年月乡村肥猪经常氢氰酸中毒，一百多斤的猪肉埋了可惜，能换回点损失农民当然乐意了。这就给那些做卤肉的提供了廉价食材，这些病死猪肉很有可能也进入了正规饭馆，只不过我们不知道而已。但篾货市的零散卤菜摊，买卖双方其实心照不宣，都知道这是瘟猪肉,不然价格怎会如此亲民。

没有买,就没有卖。只要有人买,说明就有市场。何况瞎子卖,瞎子买,还有一个瞎子在等待。如果不是囊中羞涩,又有谁愿意去吃那些病死的猪肉来解馋呢?

猫猫儿鱼

彭忠富

猫猫儿，是四川人对猫的爱称。四川人比较喜欢使用重叠词，用来表示对某种事物的喜欢，这也是一种儿童化的语言，听起来让人感觉非常亲切。

比如狗叫"狗狗"，大人背着婴儿上街，边走边说儿歌给孩子听："上街街（街，川话音该），甩手手，身上背个小狗狗。"街街、手手、狗狗，你看这样的语言说出来让听者感觉多么温柔亲切，牙牙学语的孩子们就在这样的儿歌环境中，一天天长大了。

猫猫儿鱼，顾名思义，就是猫爱吃的鱼。猫爱吃的鱼儿都是小鱼，顶多一拃长，甚至半拃长都有，它们只能长那么大，也就一二两重。我印象最深的是尖嘴巴儿鱼，约有成人中指粗细，当然也属于猫猫儿鱼这个范畴内的。

还有泥鳅，又称鳅鱼，只有三四寸长，没有鳞片，体短身圆，背上布满了黑色的小斑点。颜色青黑，浑身都是黏液，根本就不容易逮住。难怪哲人会说："机遇就像泥鳅，即便逮住了，稍不注意也会溜掉。"

我之所以对尖嘴巴和泥鳅印象深刻，那是因为这两种小东西，给我的童年带来了许多欢乐。儿时的天空，永远都是瓦蓝瓦蓝的，万里无云。儿时的沟渠溪流，永远都是清澈见底的，这也给鱼类的生长提供了非常优越的条件。

小时候，老屋的后面是个井坡，井坡紧挨着一口大井，每到灌溉时节，一部抽水机就整日忙碌，通过提灌设备把白花花的地下水抽起来，流到整个生产队的稻田里面去。

这时候，大沟小堰都是"哗哗哗"的流水声，汩汩流淌的溪流，带来了尖嘴巴鱼儿，也带来了泥鳅。水至清则无鱼，它们很聪明，都躲在溪流拐弯的地方，或者水草的下面。那时的沟渠，都是天然的土埂，野草野花到处都是，比如何首乌藤、竹节草、淡竹叶、野菊花、水菖蒲等，实在是一个植物生长的乐园。

不像现在的沟渠，都是水泥打造的三面光"U"形渠，只是成了单纯的过水通道。虽然减少了沿途水资源的损耗，提高了灌溉效率，但却破坏了原有的乡村沟渠生态，导致了鱼虾绝迹，也让孩子们失去了许多乐趣。

那时，每当放学以后，做完作业，叫上邻居的小伙伴，我们端起簸箕，提着小水桶就出了门。沟渠离家不过两三百米远，约莫半尺来深。我们首先在上游下水把水搅浑，当浑水流下来时，那些鱼儿就会误判形势，以为到处都是安全地，就大摇大摆地游到沟渠中间来。把簸箕平放在沟渠底部，等水流一会儿，再端起来即可，每次都会有些收获，这就是"趁浑水捉麻麻鱼"了。

泥鳅、尖嘴巴鱼儿是少不了的，有时候还有虾米，甚至螃蟹也会钻进簸箕里来。如此循环往复，就是一笔很大的收获了。如果只有一个人出去捉鱼，那也不要紧，鱼儿不是都喜欢躲在有水草、水势平缓的地方吗？因此对着那些水草直接用簸箕下手，也能捉到鱼儿。沟里的鱼儿可真不少，在闷热的雨前夏日，你甚至可以看到鱼儿不断地跃出水面来换气。它们的鳞片经阳光照射后闪闪发亮，简直就像无数面小镜子似的，晃得人不敢直视。

有时候，我若不捉鱼，会就带上钓鱼竿出去钓鱼。说实话，钓鱼的收获没有撮鱼来得快，一次只能钓上一条鱼，再说并不是所有的鱼儿都喜欢吞食鱼钩上的诱饵，它们在水里根本不缺食物。正因为难，所以我觉得钓鱼更加有趣，因为它考验了一个人的耐性，遇事要沉得住气。有时候在水边坐半天，或许会满载而归，但也或许会两手空空。

前些年在乡下教书时，学校附近有一个河湾，河水没有啥污染，鱼虾成群。河里有撑着老鸹船打鱼的，有放鱼老鸹捕鱼的，也有钓鱼的。乡场上的饭馆都有特色河鲜出售，很多人慕名而来解馋。

那时我住在学校的单身宿舍里，邻居有个刘老师，老家是金花县的，在中心校教自然课。刘老师每天下班后，就背着电瓶去河里电鱼，电瓶瞬间放出高压电，鱼儿吃不住就昏迷了，用网兜捞起装在鱼篓里，带回家放在大盆子里养着，一会儿又活蹦乱跳了。

刘家每天都要烧鱼汤，或者油酥猫猫儿鱼，整个学校都飘着一股鱼腥味。有时候看我在家，还会让他们的女儿给我端一碗过来尝尝鲜。那是一个特别鬼灵精怪的女孩子，现在应该大学毕业了。女孩儿喜欢唱歌，我将报纸卷成筒状递给她。她就以此作话筒，站在花台上给我们吼："我家住在黄土高坡哦……"惹得我们一干大人哈哈大笑。

那时我就在想，若是将来我也有这样的一个乖女儿该多好啊！后来天遂人愿，我结婚后果然有了一个女娃。小时还乖，不过现在上初中了，就有些倔了，有时一句话能把你噎个半死。

每天收获这么多的鱼，刘家当然吃不完，他就卖给饭馆去，这可是一笔不小的收入呢。

一来二去混熟了，我问老刘："嫂子也是教书的吗？"

老刘大笑着说："她在街上缝纫店打衣服，我哪有福分找女老师哦！她们都想嫁给信用社的、乡政府的或者做生意的有钱人。"

我说："嫂子肯定特别漂亮，不然你不会跟她在一起。"

老刘说："漂亮啥，就胸大屁股大腰杆细而已。"

我不禁笑了："胸大屁股大有啥用啊，除了会生娃，又不当饭吃。"

老刘说:"你也要成家的,过两年你就知道了,男人嘛,就图这个。"老刘欲言又止,还露出一脸坏笑。

老刘的话着实让我伤感了好一阵子,我的条件并不比老刘好多少,看来我这辈子也与女老师无缘了。后来,同事陈姐看我一个人孤孤单单的,人也实诚,就将某单位的梅介绍给我。大家还算投缘,我们经常坐在河岸上,看烧鱼人背着电机打鱼,或者干脆挽起裤管下河摸鱼。有时蹚过河去,在对岸的白杨树林里聊天、喝啤酒、啃卤鸭掌。有时在白杨树皮上用小刀刻下一些歪歪扭扭的句子,说是等若干年后,再来这里寻找青春的印记。

白天都要上班,也就傍晚时间充裕些,于是在河边看落日成了我们的最爱。河水清澈,没有任何的污染,河面上经常能看到上千只鸭子在嬉戏。驼背的牧鸭人"哦……啊""哦……啊"地吆喝着赶它们回家。鸭群在河面逡巡着,打着旋儿戏弄那老头,似乎还没玩够吧!

有时在河面开阔处,能看见捕鱼船。一个渔翁撑着条窄窄的老鸹船,他用竹篙在水里一拨,船就稳稳地前进了。船头的鱼鹰还时不时地扎进水里，一阵扑腾，喉头便鼓鼓囊囊的，大获而归。牧鸭，捕鱼，多么富有诗意的生活！夕照下的小河，荡着愉快的涟漪。置身其间，顿觉神情舒坦，仿佛自己也成了水中的精灵。

可惜好景不长，教师薪水微薄，我根本不足以支撑起梅的消费。梅虽说在单位也就是个临时工，挣不了多少钱，可样样都要向那些正式工看齐。比如：某人今天买了什么牌子的化妆品，某人今天买了什么款式的牛仔裤，某人今天又在怎样的饭店吃大餐。这些话充盈着我的耳朵，让我不胜其烦，自然两人之间的裂痕就越来越深，最终分手也是难免的了。

其实分手何尝不是一次重新选择，这对双方都是公平的，就看你怎么看了。有些人分手后大吵大闹，反而弄得彼此不痛快，还不如好聚好散。

还是继续谈猫猫儿鱼吧！撮鱼也好，钓鱼也罢，或者电鱼也行，因为都是野鱼、猫猫儿鱼，品种也就那么些。将鱼儿带回家，放在清水桶里养起来，可以稍微在水里放点盐，水要多换几道，让它们把肚子里的脏东西吐出来。捞起鱼儿，在案板上用菜刀背轻拍一下鱼头使其昏迷，用剪刀剪开鱼儿排泄孔，从肚子一直剪到头部，把肠肠肚肚清理干净，用清水反复冲洗。然后用盐巴、姜片、料酒腌制约半小时，去其腥味。再把鱼身裹以面粉糊（鸡蛋液、面粉搅拌而成）在油锅里炸，炸至金黄色翻面。一次放入油锅的小鱼不宜过多，以免粘在一起，最好一条一条地放入。

  油酥猫猫儿鱼又香又脆，特别好吃，我们都是连着鱼骨头一起嚼碎咽下去的。油酥猫猫儿鱼在街边的腌卤店里都有卖的，既可作为休闲小吃，一边欣赏电视节目一边香香嘴。也可在炎炎夏日，一边喝啤酒聊天，一边品尝河鲜，实在是人生一大快事。

  如果是成都周边的洛带、平洛、黄龙溪这些临河古镇，油酥猫猫儿鱼更多。甚至有些地方，整条街都是油酥猫猫儿鱼的香味，这可真是靠水吃水了。

李庄白肉

彭忠富

小时候站在逶迤的射水河边，看河水婉转而去，忍不住问父亲，这河水到底流向了哪里？父亲告诉我，射水河在赵镇（四川金堂县城）汇入沱江，然后流入长江到达大海。

从那时起，我就想到长江边去，听听长江的乱石穿空，看看长江的孤帆远影。那年7月，我和同学一行五六人去遵义，途中要经过宜宾，顺便到了长江边的李庄古镇，算是了却了自己儿时的心愿。从川西绵竹到川南李庄，行程近五百公里。虽路程不远，可是我们却从长江干流沱江的支系绵远河来到了长江干流边，看着浩浩荡荡的长江从我的脚下从容流过，心中默默地呼喊着：长江，我来了！

川南宜宾是长江第一城，而宜宾下辖的李庄却是长江第一镇。李庄古镇的第一可不是浪得虚名，长江李庄段平均水位上百米，三五百吨的轮船可终年日夜通航。此江段水深浪小，可供船只直接进港停泊。在李庄的长江边，我们仍然可以看见有汽轮和班轮上下输送旅客，更不用说那些来往穿梭的货轮了。

快夜幕降临之时，我们在一处农家乐安顿下来后，就匆匆地去街上吃晚饭。也许距成都这样的中心城市太远，李庄的夜晚显得分外寂寞，冷冷清清的，似乎这里从来没有开发过。不过这样也挺好，因为这样我们就可以看到原生态的李庄了。

那些古街古巷，一色的青石板，整齐的铺板门，朦胧的红灯笼，显得神秘而幽深。手掌在石质的门坊上划过，凹凸不平，用手电筒照亮观察，原来都刻着精美的对联，让人不由得羡慕李庄人的富足与优雅。

终于在长江边上找到一处尚未打烊的饭馆，问其李庄的特色菜，老板介绍说："到李庄，肯定得吃李庄白肉，不然你就是白来了！""李庄白肉是一道什么菜？我还是第一次听说。"只见厨师拿出煮好的连皮肉就开始在菜板上慢慢地片起来，一片肉比成人的巴掌还宽，厚薄均匀，晶莹剔透，让人看得目瞪口呆。

以前吃过广汉的连山回锅肉，五花肉片成三指宽，我们都觉得大了，今天的李庄白肉简直成了庞然大物。我们只得跟厨师说："你的刀工我们很佩服，不过肉片太大可能不太好入口，还是切小片点吧！"于是厨师又拿去重新改小再端上来，然后又端上来一碗蘸料。

原来李庄白肉就是蘸水肉片，像我们经常吃的蘸水土豆一样。李庄白肉蘸料十分讲究，选用大蒜、辣椒、花椒等一并舂成糊状，名为"糍粑海椒"，调上恰到好处的酱油、白糖、味精等各味，作为李庄白肉的蘸料，现蘸现吃，肥而不腻，入口生香，令人叫绝。

如果肠胃不好，吃李庄白肉可能会拉肚子，这可不是乱侃乱说。李庄白肉端上桌时，我只吃了一块就没有吃了，剩下的被那些同学一扫而光。到了第二天早上，就有人开始闹肚子。

其实这很正常，这就是水土不服，当然也有李庄白肉的原因。

　　白肉在煮的过程中，要随时除去煮出浮在水面的血沫，还应保持摄氏九十度水温，即水沸时就加凉水，使肉从外到里受热均匀。若水温过高，就会出现皮汃肉生的现象，影响成菜。煮约半小时，用竹签刺进肉内无血水冒出时，表明肉已断生至煮熟。就将肉捞起放在凉开水中浸泡，以防结皮影响刀工片制。

　　李庄白肉本身油腻脂肪多，如果火候再没有掌握好，肠胃弱的肯定会闹肚子。还好白肉讲究蘸料，里面大蒜较多，可在一定程度上预防腹泻。其实这也充分证明，吃东西得有节制，在外地品尝美食，尝尝味道就行，别贪多。

　　李庄白肉选料精、火候准、作料香，特别是刀工片制，堪称一绝。成菜白肉肥瘦均匀，晶莹剔透，每片长二十厘米，宽十厘米，厚一至二毫米，肥而不腻，爽口化渣，无穷回味。李庄白肉原名"李庄蒜泥裹脚肉"，是古时居住在李庄僰人的家常菜。僰人因为沧海桑田消亡了，可是这道菜却传了下来。

　　抗战中期，为避战火，一些文化机构迁到李庄继续做研究。有一天，国立中央研究院社会科学研究所所长陶梦和博士慕名来吃蒜泥裹脚肉这道菜时，深深地被它的色香味所吸引，赞美之词不绝于口。

老板趁机让陶所长取个好听的菜名，陶所长沉吟半晌说："这道菜讲究刀工，而且作料也很独特，蒜泥必不可缺，就叫'李庄蒜泥刀工白肉'吧！"

老板听了，禁不住拍掌叫绝，好一个"李庄蒜泥刀工白肉"！妙，妙，妙极了！

从此以后，"李庄白肉"就一直叫了开去，成了李庄的一张美食名片！

因为黄金水道的缘故，李庄占尽了天时地利，成就了今天的喧嚣和繁华。多年的积淀，先人们在李庄留下了席子巷、羊街、螺旋殿、魁星阁等保存完好的古街古巷和民居，这些都成了李庄人不可多得的文化遗产。

席子巷过去是加工、出售草席的地方，前店后厂，六十米长，两点五米宽，青石板路面。整条街都是一楼一底的木建筑，穿斗结构，二楼清一色的木挑吊脚楼，上有屋檐，这一来就把不宽的街覆盖了，街两旁的檐口仅四十厘米的距离。站在街市往上眺望，仅看见一丝天空，故而席子巷又被称作一线天。这一条青瓦遮挡阳光雨水的小街，也遮挡了外界的喧嚣，人们不急不缓地过着悠闲的日子,挑水的、拉车的、摇蒲扇的,步履都那么舒缓。

席子巷的特异之处在于各家各户的大门外都有成人腰部高的半截木门,我们观察了半天也不知其意,索性问一门外闲坐纳凉的老妪。她说:"这叫腰门,又叫二门。过去大户人家的小姐,受封建礼法约束要大门不出二门不迈。可是女眷们要做女红,关上大门吧光线不好,打开大门吧这又是临街过道显得不雅。于是就想出了折中的办法,做成腰门,光线可以射进来,而女眷们也可以与外界保持一个沟通,看看熙熙攘攘的市井生活。当然腰门对家里饲养的猫狗也是一种关栏。"想不到这小小的腰门还大有文章,这真是不虚此行。

抗战中为避战火,中国同济大学、中国营造学社等文化机构相继迁来李庄落户,一待就是六年。我想他们也许正是看中了李庄深厚的文化积淀,来给人文荟萃的李庄锦上添花,使李庄在全国名镇中又留下了独一无二的抗战文化。至今,那些大学使用过的建筑还完好地保留着,只不过人去楼空,让人顿生沧海桑田之感。

其实这样的情形在李庄还不少,那些大户人家的院落也是这样，都有近两百年的高龄。墙壁虽然斑驳不堪，然而那种大家气度、历史的厚重却扑面而来，只不过室内都空空如也，甚至积满了蜘蛛网和灰尘。这就是李庄开发上的滞后了，游客来了看什么，他们定是不愿意带着遗憾回去的。但也许李庄是栽好了梧桐树，专等金凤凰吧！

冰粉

彭忠富

十多年前的一个夏日,我吃过晚饭后出去散步,走到积英桥边的报刊亭附近,影影绰绰地看见许多人围在那里,似乎发生了什么事。

我赶紧挤过去看,原来大家正围着一个小吃摊在排队,有些人急不可耐地说道:"要遵守秩序哦,先来后到。我早就给了钱,老板先给我来两碗吧!"

一个系着围腰子的中年秃顶男人,忙不迭地答应着:"晓得晓得,老买主了,你多担待下。"

品人间真味

这就是老板了。他正蹲着弓箭步使劲地用木工刨子刨冰块，整个简易的小吃摊都跟着摇晃起来。三五下刨子推过去，刨盒里面的碎冰粒就装满了。老板把碎冰倒在几个一次性塑料碗里，然后从一个盆子里用勺子舀出几块果冻样的东西倒在碗里面，接着就开始机械地问道："要花生不？要醪糟不？要玫瑰不？要黄糖不？要黑珍珠不？"

随着食客的回答，老板犹如仙女散花，一些作料就纷纷扬扬地添了进去。此时，塑料碗已经装满垒起了尖尖，老板给每个碗里放上一把塑料调羹后，一碗冰粉就算制作完成了。

陆续有人端着冰粉，心满意足地离开。也有人选择坐在摊主提供的小桌子边吃冰粉，他们吃得美滋滋的，这简直就是活广告了。当然吃完以后，可能还会再来上一碗，因为初次吃冰粉的食客，一碗往往会意犹未尽，我就属于这种人。

当老板问我冰粉里添加些什么作料时，我直接说道："凡是你有的，都给我来一点儿。"接过老板递过来的一碗沉甸甸的冰粉，一股凉意迅速通过手部传遍全身。

学着其他食客那样，首先用调羹把作料、冰和粉轻轻地搅拌一下，让它们的滋味互相渗透。粉看上去晶莹透明，颤巍巍的，跟龟苓膏差不多，用调羹一压就裂成小块了，放在嘴里爽滑无比，好似一位柔美的少女带着些许羞涩。而碎冰在嘴里，却具有一种牛仔般的粗犷感，除了那种通透全身的凉意，就是咔嚓咔嚓的脆响声，那是牙齿和冰粒的亲密接触，连牙根都凉飕飕的。有些人甚至用手捂着腮帮子，使劲地搓着，让脸颊暖和暖和。

冰和粉，真是完美的结合，而加上色彩缤纷、味道各异的作料，则让一碗冰粉足以登上大雅之堂。

在成都的洛带古镇，商家就推荐游客先来上一碗伤心凉粉，因为辣子放得多，会吃得人眼泪花直流，全身冒汗。然后再来一碗开心冰粉，但是他们的冰粉里只有粉而没有冰，让人瞬间又回到冰清玉洁的时节，这真是冰火两重天了。

其实"伤心"和"开心"都在人的一念之间，关键看你怎么想，不过把"凉粉"和"冰粉"打包推出，足见商家也是动了一番脑筋。

积英桥的"桥头冰粉"是绵竹的第一家冰粉摊，卖了十多年，生意一直火爆到现在，堪称冰粉老字号。后来陆续有人又开始卖冰粉，还打出了"正宗冰粉"的招牌，但味道其实差不多。

  冰粉关键在"粉"，这个粉跟我们平常所见的米粉、凉粉、凉芡粉儿、茗粉大相径庭，一点儿瓜葛也没有。据说它来自于一种冰粉树。冰粉树学名假酸浆，原产于秘鲁，一年生草本茄科植物，在我国西南一带广为分布，多为野生。株高六十至一百二十厘米，茎带紫黑色。叶互生，卵形，叶缘有粗锯齿，花腋生，花冠杯形，粉紫色。

  假酸浆是一种药用植物，也是制作冰粉的原料。将假酸浆种子用水浸泡足够时间后，滤去种子，加适量的凝固剂（如石灰水等），一段时间后便制成了晶莹剔透、口感凉滑的冰粉，消炎利尿、消暑解渴，是夏季的保健食品。

  关于冰粉的来历，还有一段传说：明末清初的武阳西北部（今彭山县保胜镇），有一户王姓人家，有一女名王味缘，天生丽质，聪颖可爱，孝敬父母，是远近闻名的孝顺美女。

  一天味缘上山采梨，不小心将梨树上一株青藤（今冰粉树）上的果实无意中抖落于香包中。回家后，王味缘清洗香包时香包有透明果浆溢出，遂觉惊奇！便将果浆盛于碗中，过一会儿果浆便凝结了。

王味缘一看亮晶晶的，似冰非冰，似粉非粉，忍不住尝了一口，冰冰凉凉，爽滑无比！味缘高兴极了，但可惜的是没有味道。于是味缘又找来了红糖加水，兑成红糖水倒入其中，再尝，凉丝丝，甜蜜蜜！味缘好不陶醉，连称："冰粉！冰粉！"

很快一碗亮晶晶的冰粉就被王味缘一饮而尽！但味缘并不解馋，又上山采摘了一把冰粉籽回来，自己做起了冰粉。尝尽了美味之后，孝顺的味缘又给家人做了几碗。父母回来后一尝，大为赞叹，深觉妙透肺腑，也非常喜爱这冰冰凉凉、爽滑无比的感觉。

见父母如此喜爱，聪明的味缘立刻想到如果自己拿到街上去卖，不仅可以让更多的人尝到冰粉的美味，还可以替父母减轻一些负担！味缘的想法得到了父母的鼓励，他们并答应帮味缘撑起冰粉摊子，至于冰粉摊的名字都想好了，那当然是"味缘冰粉"！

第二天味缘一上街做好冰粉，立刻引来许多人的围观，品尝者络绎不绝！时间一久人们都知道武阳（今彭山）街头有一位卖冰粉的姑娘，不但冰粉好吃，而且人也漂亮随和，于是人们纷纷戏称："味缘冰粉！冰粉味缘！"从此冰粉便在彭山流行开来，并逐渐传入周边市县，渐渐地传遍了整个四川！

味缘后人经过对祖辈制作冰粉技术的不断钻研，反复实验，现在终于从冰粉籽里直接提炼出了制作冰粉的有效成分：冰粉粉。这种产品用热水一冲便溶化，再一凉就成了冰粉，这使"味缘冰粉"的制作变得十分方便，而且还很卫生！不但如此，在新的配方中味缘后人还添加了魔芋粉和海藻粉。既加强了冰粉的稳定性，又使"味缘冰粉"的食用价值更添魅力。

原来如此，正是冰粉粉的诞生得以让冰粉这种解暑小吃成了咖啡似的速溶饮料。我想那些冰粉摊的冰粉，肯定都是用冰粉粉冲兑出来的。如果大家都像冰粉最初制作阶段那样，用纱布包裹冰粉籽反复地揉搓，挤出果浆的再怎么样好，那也只是费时费事了。

可别小看冰粉，它虽然是桩小生意，只要经营得法，也可以变成大买卖。最近绵竹城里多了许多冰粉摊，都是六元一碗。但是积英桥头冰粉店却成天门庭若市，顾客们宁愿排队，也要在这里吃冰粉，这就是老字号的魅力。

而有些冰粉摊，生意则犹如清汤寡水般，看着就让人着急。可见任何一个行业，并不是我们跟风操作就能赚钱的，没有过硬的质量和口碑，最好还是不要掺和进来，否则必然会黯然收场。

甜水面

彭忠富

多年以前就听过甜水面的名号了,老婆和女儿特别爱吃。每天下午4点一过,巷子里就会传来一个女人的吆喝声:"凉面,甜水面,酸辣粉哦……"4点左右,离中午已经有些时辰,肚子属于半饿状态,可以吃也可以不吃。

女人推着一辆人力三轮车慢慢地从巷头走到巷尾。她的吆喝声跟唱歌似的,很有韵味,不想吃的邻居也会围上来,跟她打声招呼,拉拉家常。由此看出,这是一个人缘很好的女人。

永远吃不饱的就是那些小孩子们，女儿就属于这样的人之一。放寒暑假时，女儿待在家里写作业，一听见女人的吆喝声，她就坐不住了，磨磨蹭蹭地跑到我面前来，说："爸爸，我想吃甜水面！"或者说："爸爸，我想吃酸辣粉！"

如果我不答应，她就拉着我的手臂使劲摇晃，让我做不成事，不胜其烦，当然最后也只好满足她的要求了。

"好吧，给你五块钱，自己去买吧！"

女儿拿着钱，飞也似的开门跑出去，叫道："阿姨，等一等。我要吃甜水面！"

坐在书房的窗前，我都能看见女儿兴高采烈的样子。

有了主顾，那女人就停好三轮车，开始在车上忙活起来。三轮车上简直就是个百宝箱，那些酸辣粉、凉面和甜水面早就成了半成品，用纱布遮着，摆放在三轮车拖斗改装的操作摊上，常见的调料早就分门别类地装在不同的罐子里。

而拖斗上，肯定会有一个蜂窝煤炉子，炉子上的屉锅里，开水始终沸腾着，时刻准备着冒酸辣粉或者做汤圆等。只要食客一声招呼，整个小吃摊就开始忙个不停。通常说来，只要有一个孩子开始吃东西，那么其他的孩子也会缠着自己的爸妈要钱买这买那的。

这就是饮食，也得需要有人引导才行。

我记得姨父曾经说过，有一家小馆子，让他每天中午12点，就去馆子里喝酒，这家小餐馆每每都会免费提供一份烧白，二两白酒。小馆子的老板跟姨父认识多年，算个一般朋友吧。

姨父说他们小本生意的，怎么能这样做呢？这不是成心要把那点儿本钱吃垮吗？他不干。

老板告诉他："这点儿酒菜钱我赔得起。关键是你在那里喝着小酒，就是一个活广告了，后面的食客就会陆续而至。"而这实际上就是做生意的小窍门。

正因为如此，那个卖甜水面的女人对女儿很关爱，给她的分量总是比其他人多一些。女儿不明白，但这其实就是老板在收买人心呢。

我个人一向是反对吃零食的，一日三餐吃好就行了，何必要去浪费那些钱财呢？但是对于孩子就不一样了，他们正在长身体，再说零食大家都在吃，所以也不能亏待孩子啊！大多数时候，女儿吃什么我是不管不问的。

有时兴趣来了，我也会问两句："吃的什么？好吃吗？"

女儿的回答也简单："甜水面！好吃得很！"

当女儿多次将这样的信息反馈给我时，我便有些心动了。

于是有天下午，当那个女人再次推着三轮车走进巷子的时候，我主动对女儿说："走吧，爸爸今天请你吃甜水面，我也要尝一尝，看看到底好不好吃？"

女儿兴奋得不得了，拉着我的手就出了门。"阿姨，两碗甜水面！"

女儿蹦着跳着，老远就开始招呼老板。

"好呢，稍等一下。"女人从车上取下两个小凳子，示意我们在旁边坐下等候。

不到五分钟，一碗甜水面就送到了我的手上。

甜水面，这跟家常醋汤面简直两回事。醋汤面要求汤越多越好，这样面条才不会吃水后变成面团，毫无口感。而甜水面碗里却一点儿面水也没有，面条就这么干净利落地呈现在我面前，很强的视觉冲击力。而那些面条应该不是干面，都是手擀面或者机制面条，我们这里称之为"水面"，也就是含有水分的面条。面条呈乳白色，很干净很纯粹也很粗实，弯弯绕绕地纠缠在一起，让我一下子就想到西部牛仔这样的形象。的确这样，甜水面是面条中的伟男子，粗犷豪放，怪不得女孩子都喜欢吃呢。

面条上面，首先淋着一些红色的熟油辣椒，暗红色的黄糖液，应该还有红酱油、香油这些液体的作料，然后在辣椒的核心部位，有几十粒白糖、芝麻，面条的下面，隐约可见压着一些时令菜叶垫底。白的面条，白的糖粒，红的辣椒酱和糖液，绿的菜叶，红、白、绿这三种颜色结合在一起，加上盛面碗碟的固有色，竟然让人觉得赏心悦目。可见甜水面在传承过程中，仍然注重了各种色彩的搭配，不然就达不到引起顾客食欲的效果。

其实这就是中国所有美食的一个特色，眼睛是视觉，鼻子是嗅觉，而舌头是味觉，可能有些还会加上触觉和听觉，如果一种美食能充分调动食客的部分感官，那么这种美食至少就成功了一大半，因为这些感官马上就把获取的信息反馈给大脑了。最后，我们就只会得出一个"好吃或者难吃"的结论来。

一碗甜水面端在手里端详半天，竟有些不忍动筷的感觉。

女儿问道："爸爸，你怎么不吃呢？看着面条干什么，它又不会说话。"

我也觉得有些失态，似乎自己见识短少似的。于是赶紧用筷子轻轻地将甜水面搅拌了一下，甜水面递给我时，面条冒过开水是热的，一两分钟后就有些冷了。搅拌均匀后，所有的面条都沾上了作料，香气四溢，恨不得让人连碗都吞下肚去。夹起一团面条送到嘴里，面条很耐嚼，口感也好，甜味为主，同时还有浓郁的辣味，真是一道老少皆宜的美食啊！

据老板讲，甜水面的面条是用手工将面揉成团后擀成将近一厘米厚度的面饼，然后切成同样宽度的面条，抓住面条，抻成长约半厘米直径的面条，煮到刚刚熟，便捞起来晾凉。加一点儿菜籽油拌均匀，以防面条粘连。久经揉搓的面条筋道非常好，一根面条有三十至五十厘米的长度，三四根面条就可以装满一碗了。主要作料有辣椒油、花椒、红白酱油、红糖浆、蒜泥、芝麻酱、酱油，又有豌豆尖之类的时令菜叶，是一种纯由调料拌出的面条（不掺汤）。甜水面使用四川最辣的自贡朝天椒，是所有四川带辣小吃菜肴里辣之最，即使耐辣度相当高的人也会被辣得泪汗满面。

甜水面出现在清末，一直风行到现在，是著名的四川小吃。作家萧军在抗战初期访问成都吃甜水面上了瘾，他对甜水面奇特的配方是这样评价的："你们的甜水面我不大理解，但你们在面中加红酱油都是甜味，这在我吃过的面食中，也是非常少见的。更奇特的是甜味中加上辣椒，但是吃在嘴里，却很爱吃、好吃，有回味，别的地方都没有这样的做法。"

蕨菜肥

彭忠富

"绿阴门巷掩柴扉，五月江南笋蕨肥。"笋是竹笋，蕨是蕨菜，它们来自山野荒林，采日月之精华，集天地之灵气，没想到，如此不起眼的植物反而成为人们餐桌上的美味。

在风和日丽的成都平原，哪里需要等到五月，一刷子淅淅沥沥的春雨，一阵阵暖烘烘的太阳，一声声春天来了的呼唤，就足以让它们按捺不住蛰伏一冬的等待，"嗖嗖嗖"地从土里冒出来了。

红的桃花、白的梨花、粉的杏花在明

处花枝招展，享尽人间赞誉。而竹笋和蕨菜则默默无闻地等候在那里，需要人们低下身子，耐心寻找，才能发现它们的踪影。

跟竹笋相比，蕨菜更加低调。有人采摘，那就化作主妇锅里的山珍；没人采摘也罢，那就迎着春风茁壮成长，成为染绿荒郊山林的一分子。蕨菜属于蕨类植物，它们通常生长在阴暗潮湿的林地角落里，是最低级的高等植物，繁盛于石炭纪时代。

最初认识蕨，是在自家院子里的一口水井边，井口高出地面，砌着花岗岩条石。井口不大，直径也就一米多点儿，但井水很深，丢颗小石子半天也不能到底。井内除了一汪蓝莹莹的水，就是井壁上那些不知名的植物。它们跟房前屋后那些花枝招展的植物不太一样，居然生长在井壁的缝隙间。那上面除了一层苔藓，就是这些生机勃勃的植物。其叶柄长而粗壮，叶片呈三角形或披针形，羽状复叶，颜色碧绿，让人心醉，也让人心疼。这是何等顽强的生命力啊！

有一次，我正趴在井口观察这些叶子，把父亲吓得够呛。

他一把拽起我说："当心，井口危险！"

我着急地说："爸爸，我正在观察植物呢。对了，这种野草叫什么呀？"

父亲把我放下来，首先告诫我再也不允许趴在井口淘气，接着告诉我说这是蕨菜，在荒地堰埂山坡上到处都是，极少数会长在井壁、墙头甚至陈年老屋的屋顶上。

后来我四处观察了一番，果真如父亲所言，这种野生蕨菜实在是极为普遍的。

年长识字，喜欢《诗经》，蓦然读到"陟彼南山，言采其蕨。未见君子，忧心惙惙。亦既见止，亦既觏止，我心则说"的句子，顿时有似曾相识的感觉。

原来在先秦时期，那些妇人就喜欢登上高高的南山头，一边思念意中人，一边采摘肥嫩的蕨菜叶。"桃花三月蕨菜肥"，三月春回大地，正是蕨菜油汪汪的生发时节。而蓬勃的春意，则催发了男女之间的春情。

这是一个美妙的季节，代表着一片生命繁衍生息的旺盛土地，代表着为激情所搭建的自然界里最美不过的一方舞台，代表着两情相悦的一种自始至终的沉默欢喜的见证。

《本草纲目》上说："蕨，处处山中有之。二三月生芽，拳曲状如小儿拳，长则展开如凤尾，高三四尺。其茎嫩时采取，以灰汤煮去涎滑，晒干作蔬，味甘滑，亦可醋食。其根紫色，皮内有白粉，捣烂，再三洗澄，取粉作粔籹，荡皮作线食之，色淡紫而甚滑美也。"可见蕨菜不仅可鲜食，也可做干菜。而蕨根可以入药，也可以制成蕨根粉。

儿时在乡村生活，家家户户都有自留地，一年四季蔬菜不断，我们根本没有动过吃蕨菜的念头。乡村有大片大片的油菜地，主妇们将肥嫩的油菜苔用背篼成筐成筐地背回家。一家人吃不完，还带到集市上去卖给城里人。

如今住在城里，大家吃惯了大鱼大肉，总想换换口味，像蕨苔、折耳根、狗地芽、鹿耳韭、荠菜等野菜就成了大家追捧的对象。兴之所至，我们还可以趁着一家人去山上踏青的时候，顺便采摘一些回来。

岳母最喜欢去山上采摘蕨苔，经常邀约我们一起去。

一场春雨过后，在绵竹龙门山的山坡上、树林里、草丛中，嫩嫩的、浅紫色的、一掐就出水的蕨苔冒出了好多好多，像那初生的婴孩，粉嫩可爱。

看准了，伸出手去，轻轻一掐，蕨苔就到了手中，一会儿就是一大把。

我们将背篓放下，将大把大把的蕨苔小心翼翼地放进去，然后抬起身来，揉了揉腰又弯下身子，继续采摘蕨苔，不到一会儿就已经收获满满。

那时节，漫山遍野都是挖野菜的城里人，简直就是大兵团作战呢。

有一次，岳母正在专心致志地采蕨苔，突然踩在一条菜花蛇身上。岳母突然觉得脚下滑溜溜的，一看顿时吓得魂飞魄散，大声惊呼："有蛇啊！有蛇啊！"

菜花蛇无毒，它也吓得不轻，岳母刚把脚抬起来，它就哧溜一声滑进草丛里不见了。

以后岳母采蕨苔学聪明了，手上拿着一根一米多长的木棍，先在四周方圆五六米内"打草惊蛇"，看看没有什么异动，这才放心地采摘蕨苔。

城里人喜欢吃蕨苔，价格自然看涨，山民们瞅准商机，开始收买蕨苔，几块钱就能买到一大把，而且挑一选二，能选到上品。

我对岳母说："我们何必这么辛苦呢，要亲自去摘蕨苔，直接买就行了。"

岳母回答说:"采蕨苔是一种乐趣,让我回忆起当初在农村做知青插队的日子,算是对过去的一种缅怀吧!"

早在三千年前,我们的祖先就用蕨菜做菜了。《诗经》里有"陟彼南山,言采其蕨",明代黄裳的《采蕨诗》中有"皇无养民山有蕨",康熙皇帝把蕨菜称作"长寿菜",可见国人吃蕨菜也不是一天两天了。

在那些青黄不接的饥荒岁月,像蕨苔这一类野菜,说不定还救过大家的命呢。

蕨苔采撷回家,再摘取出嫩脆部分,用清水淘洗干净,晾干。待锅中水沸,将其放入沸水中煮八分熟后捞出晾干。此时即可取用。

倘若凉拌,便将其切成一寸长的蕨苔丁,加入辣椒、麻油、花椒油、酱油、味精等作料拌匀即成嫩脆爽滑的佳肴;倘若油炒,将其和肉类混炒,其味油而不腻,清香满口,可冲淡油脂腻味。

倘若采撷太多,一次食用不完可用清水泡着,几天后食用仍然新鲜;也可晾晒或烘干作蕨菜干,今后同腊猪脚一道炖煮,其味更是可口。

吃蕨菜一定要讲究时节，宋朝诗人黄庭坚有诗曰"嫩芽初长小儿拳"，春天三四月份，蕨菜嫩叶蜷曲尚未展开之时，犹如紧握的小儿拳头，此时采摘食用效果最佳。

如果等叶子放开，那就老了，不仅口感不好，而且营养价值也大大降低。

阳春三月，草长莺飞，到处是生机盎然、欣欣向荣的景色。漫步春天，看着这田野、地头、河岸处的点点嫩绿，又有多少人能抵挡得住舌尖上蠢蠢欲动的味蕾呢？

采摘蕨苔等野菜，满足的不仅仅是我们的口腹之欲，更是让舌头和身体适应自然的步调，这也算是我们拥抱春天的一种古典方式吧！

和菜

陈理华

　　从前，东鲁、井后、鸿庇等地的人被周边称为"山里人"。这些被称作"山里人"的人，还真的有一些地方与"山外人"不同。首先是说话口音有微微的差别，其次是在吃酒时，出菜方式有点儿不一样。"山外人"是先上挖底，"山里人"是先上和菜。

　　之前，听到过一个有关和菜的笑话，说是村子里有户人家，到山里娶了一门亲。接亲那天，接亲队伍因为走了几十里山路，到了新娘子家里时，个个早已饥肠辘辘了，好不容易等到主人请他们上桌,刚坐定,就上来了一大海碗油腻腻、热腾腾的菜。接亲的人因为肚子实在太饿了,就一点儿也不客气地大快朵颐起来,没几下,一大海碗菜就被吃得精光。

被叫去迎亲的都是年轻的小伙子,这些毛头小伙阅历浅……所以帮忙做事的人在这天都会心照不宣地"关照"这一桌来迎亲的人。他们一看菜吃完了,马上笑眯眯地又打来一大海碗尖尖如小山的和菜来。这时接亲的人就在私底下小声地说:"各村各例,可能这里吃酒就是吃这种菜了吧?不管它,吃饱了再说。"于是他们埋起头,放开肚皮用力地吃。只见筷子纷纷地从碗里把菜夹进嘴里去,嘴巴子在用力地动着……先前只一个端菜的人,不知何时变成两个,最后到底吃了多少碗也记不清了。

就在他们吃饱了想下桌时,鸡鸭鱼肉上来了。他们这时才如梦初醒,原来好菜在后头呢。这时的他们只能大眼瞪着小眼,望着那些山珍海味,却挺着肚皮,什么也吃不下了。

"山里人"最先上桌的菜叫和菜,它的名字很好听,味道当然也不错,不然也不会让"山外人"吃得肚子圆滚滚的,味蕾上都开出花来!

但和菜既不是什么山珍海味,也不是什么特色佳肴,这种菜大家都会做。和菜的用料都是很普通的笋干、五花肉、海带、粉丝、香菇、白菜帮子、葱、蒜、胡萝卜……和菜里除了海带是外来品,其他都是本地货,一年四季都能做。

和菜用的食材阵容虽然庞大,但每种都下料适度,保证谁也不夺谁的彩。白、绿、黄、红、黑,色彩斑斓中汤汤菜菜浑然一体。办喜事的头天,村里的妇人就会到主人家中,洗的洗,切的切,半天的忙碌之后,就准备好了第二天要吃的和菜。到了晚上再把几大锅的和菜煮好,装在大木盆或大木桶里。第二天,客人上桌时,再拿出来热一下,这煮好的和菜香味扑鼻,浓而不腻,肥而不杂,往往是用来让远道而来的客人垫垫肚子的。

和菜的名头也另有用意,取天地人和、乾坤合和之意,也象征着花花绿绿的生活与和和美美的日子。和菜还有一层意思就是,坐在同一桌的乡里乡亲,平日里若积下一些小恩小怨,在吃过主人这一碗热腾腾、油腻腻的和菜后就要烟消云散。于是,和菜又有着让邻里之间和睦相处的寓意。

在和菜里,粉丝是地瓜淀粉做成的,细细的,绵里带韧,在肉的滋润下,油腻腻、嫩滑滑的,给人的印象是温柔多情的旦角；在和菜里，笋干因其品性坚韧、淳厚，总让吃过的人念念不忘，它就像是戏剧里的武生，一块块黑乎乎的，显得粗犷而质朴，但它们调和百味，雍容宽厚，脆而爽；除此以外，香菇的香郁能让和菜的味道更厚实、开阔、优雅、多情；白菜帮子、胡萝卜丝、葱花们则让和菜的容颜变得美妙无比。和菜，讲究的是色香味俱全。和菜好吃不贵，吃着就像是在品尝着烟火人生。

"山里人"的节日和红白喜事都少不了和菜，尤其在饥肠辘辘的年代，能有一道丰厚的和菜吃，那是一种能让人十分满意和体面的事。它对这个地方来说，早已超越了食品的概念，它是一种文化的象征，更是这个村庄和睦相处、邻里团结的历史见证。

如今，物质大大丰富了，摆酒席时，鸡鸭鱼肉无所不有，但和菜依然唱着主角，总是第一个粉墨登场，它的地位无可替代。故而，历经千年，粗粗拉拉的和菜，如今仍旧能满村飘香。

吃猪炒

陈理华

杀猪对农人来说是一件重大的事。猪喂大了的时候，农人不叫杀猪而叫换猪。因为一个"杀"字显得血淋淋的，而"换"就温情得多了。若是卖毛猪也不叫"卖"，而叫出栏。

杀猪前，有一些仪式必不可少。家里预备杀猪的农户会在杀猪前，先在家里的供桌上烧上三炷香，供桌前烧三张黄纸，告知家神，我家要杀猪了。而后在大门两边也点上香，在大门口烧三张纸，也是让外面的诸神知道这家人要杀猪了，不要来打扰。

杀猪时，主人还要准备好黄纸，放到猪的刀口处沾上猪血，然后挂到大门两边和猪栏上。目的是祈求来年六畜兴旺。

猪杀好后，在闽北一带还有一个简单而隆重的活动，那就是吃猪炒。就是当猪杀好后，主人请左邻右舍以及亲朋好友来围坐在一起吃肉。"吃猪炒"一般限于家中的男性，一户人也只能去一个。因为那时候养大一头猪不容易，所以主人家都要请至交亲友前来聚聚，一为联络感情，二为庆贺六畜兴旺，三为让大家美美地吃一回肉，慰劳一下平时少有油星的肠胃，润泽一下艰辛劳累的岁月，给清苦的日子带来一点儿肥美的感受。

吃猪炒也是有讲究的。选择的肉，一定是槽头肉，也就是人们常说的猪脖子肉。大概是这种肉没有卖相，就拿来大家一起吃吃，改善一下生活，顺便庆贺一下劳动后的收获。

杀猪师傅不用主人说，首先把那一圈肉切下交给主人家拿去煮。主妇拿到肉后，洗净，放砧板上大块切好，再放到锅里熬出一些油，熬到肉微微卷起时，把洗净的一些笋干之类的菜混合在一起炒上几大碗。这是头道菜，油头足，看去就诱人食欲。第二道菜是用萝卜丝或芋头丝炒的大肠。第三道菜是一大碗热气腾腾的猪血。第四碗菜才是猪身上的腰柳肉，这是上好的肉。快刀将这细嫩的腰柳肉切得碎碎的，再煮上浓浓的米汤，便是一碗难得的猪肉米汤了。有这四样菜和一饭甑香喷喷的白米饭，在当时的农村已是美味佳肴了。

凡是被请来吃猪炒的人，一进门就要双手作揖或笑逐颜开地对主人说些"走时，走时，真走时！真会喂猪！祝贺来年继续换大肥猪，发大财！"之类的吉利话。随着主人的一声"坐下吃点儿饭吧"，大家依次坐在四方桌上，边吃边说些好话，饭桌上不时地洋溢着欢声笑语，气氛异常活跃欢快。

待大家吃过猪炒离去后，主妇还要把刚"孵"好的猪血一小碗、一小碗地送到隔壁邻居家里。受赠猪血的人也要说些吉利话，并要盛赞主妇的手艺好，如"这猪血'孵'得又嫩又好"……

闽北农村的吃猪炒，吃的是那个时代的农村风情。体现的是一种邻里之间和谐、友好的关系，更是一种淳朴的乡风、民风……

面条

陈理华

面条吃起来滑润适口,味道鲜美,可谓男女老少皆宜。加之南方种麦较少,故而面粉也显得尤为珍贵。

勤劳聪慧的闽北人喜欢通过面条来表达心里的一种美好意愿。所以千万别小看一碗普通的面条,它在人们生活中扮演的角色可重要着呢!为什么这样说呢?因为面条在闽北人心里代表着长寿、平安、健康、吉祥、团圆。同时看似柔弱的面条还有驱邪、去污、化凶为吉的功能呢!

在乡村,老人做寿时,不但自家要备

上好多的面条，亲朋好友带礼品祝寿时，所带的礼物中也一定要有两斤面条。因为面条长长的，代表着长命百岁！

小孩生日那天也要吃面，生日这天煮一碗白花花的线面，意味着孩子能活到头须皆白，也暗指父母希望孩子能长命百岁。

新娘子要出嫁，在娘家梳妆时，要煮一碗面，这面必须是由男方放在丁篓里挑来的。煮好后，放在梳妆台的旁边，梳妆好后就要由"交面奶"喂食三口！这是娘家人对她婚姻白头偕老的祝福。新娘子离家后，娘家人还要在一起吃"拦门面"。这拦门面可有意思了，迎亲的队伍到达女方家大门前时，女方家的人就会拿一张桌子，横着拦住大门。这时男方的人和女方的人开始讨价还价，女方说面条八十斤，烟五条，糖十斤！男方的人说，面条六十斤！烟两条，糖八斤！女方的人只有觉得可以，才会把桌子搬开，让迎亲的人进入女方的家内。

新娘到了男方家，在酒席上，即使别人桌子上没有面，新娘那桌也要特地煮上一大碗面，让这一桌的人吃。洞房花烛时，闽北人不是喝交杯酒，而是同新郎一起坐在房间里吃一碗面：一碗上面有两个蛋和一只鸡腿的面。

客人到来煮一碗面，寓意客人常来常往；家人出门前煮一碗面，也含有盼望早日归来之意；出远门后回家煮一碗面，是取平安团圆之意。

家里添丁，在端午节这天更是要煮两大桶面条挑到河边让看龙舟的人吃。

敬佛、敬神时，也要有面条。平时还可用饭敬神，可到了节日里，就要多一小碗的面条了！

祭祖时面也是不能少的。让祖宗吃面，是对祖宗的敬仰与绵绵不绝的怀念！

当有人做好人好事时，比如，有小孩落水，你奋不顾身地跳下去救人；老人在路上晕倒，你背着送到医院或送到他家里去，人家给你的感谢就是一大碗面上加两个蛋！

最有趣的是，若是挑粪或倒马桶时将它们不小心打翻在地，一定要煮碗面来吃。村里人认为打翻粪桶是不吉利的事，而吃一碗面就能去掉身上的污浊与霉气。走夜路时受到惊吓，也要用一碗面来压惊，这里的面是祈求吉祥如意的意思。

最可笑的是有不检点的夫妻，跑到野外去行房，若是被人看见了，在村里是最丢脸的事。他们要夫妻双双送面和蛋到那个人家中去赔礼道歉！这类事在乡民眼里是不吉利和肮脏的，遇上了对自己来说就是晦气。

还有一种被意象了的面条，这是一种看不见又摸不着的面。比如，你到某某家中去，某某却对你不感兴趣，黑着一张脸，那么就说明他是在拿黑面汤给你吃了！也就是在他家里受了冷遇。

黑面就是一种没有去麦麸的面做成的面条，口感很不好。就是当客人来了，主人对他不是很感冒，但在礼节上又不能失礼，怎么办呢？就做一碗黑面给他吃，让他心里明白，我不欢迎你！后来，就引申为给你脸色看！

在农村还有一种被浪漫了的面，这是指在外做事时，没带雨具，被突然而来的雨淋了一身，这个叫作吃线面汤！

面条文化里隐含着民族情结以及节日风俗和人生礼仪。所以，吃面也是在"吃"一种文化。

炖蛋

陈理华

冰糖炖鸡蛋

从前在农村,冰糖炖鸡蛋是待客的最高规格。那时候,能够吃上冰糖炖鸡蛋的可不是普通人。

他们分别是:来自远方的贵客,女方父母或兄弟,新女婿等。其中,新女婿上门是一定要吃这种吉祥如意的冰糖炖鸡蛋的。冰糖炖鸡蛋通常是在晚上临睡之前吃的,在当地也被叫作蛋龟!因其样子有点儿像龟而得名。蛋龟在本地人的发音里是

"顺归"，单看字义你也明白是什么意思了！

一碗冰糖炖鸡蛋，做法十分简单：一个略大点儿的青花瓷碗，放些水和冰糖。锅里舀一瓢水，烧沸了，放下一个架子，打下三四个鸡蛋，盖起来炖，熟时满屋的蛋香。

主人请客人吃冰糖炖鸡蛋时，一般客人会推辞两下才就座。吃的时候先喝些糖水，再吃嫩如凝脂的鸡蛋。但客人在吃完后会有意留下一两个蛋。

当客人抹着嘴说："饱了！"主人一定会将客人摁在凳子上，非要他把鸡蛋吃掉，客人在推辞过后，又无可奈何地再吃一个鸡蛋，但一定会留下一个。这剩下的鸡蛋，是留给孩子的。那被支到房间的孩子这时会飞快地跑出来，爬上桌子一点儿也不客气地吃起来。

那时候，鸡蛋很少是用来自己吃的，不是用来换钱，就是用来换物。一碗冰糖炖鸡蛋在当时是最奢侈的美食，说明主人是真心诚意地欢迎客人，主人已尽到地主之谊，客人也要懂得本分。

一碗冰糖炖鸡蛋，吃起来甜腻而馨香，一口就让人从心底感到有一股绵绵的幸福感在升腾……

红酒炖蛋

吃红酒炖蛋前要先酿好红酒,此红酒非彼红酒,是农人自家酿制出来的珍品。红酒的酿法是先选用上好的糯米,洗去尘物,倒进饭甑,放到锅里蒸熟,冷却后,将红曲与糯米饭搅拌均匀,放进酒坛,加入山泉,让其慢慢酝酿,这样酿出的酒,清朗、明净、色质通红。

在做红酒炖蛋时,先舀上红酒放入碗里炖热,打入鸡蛋,慢慢炖熟,再放进冰糖。出锅时,热气腾腾的青花碗里,卧着两到三枚黄白相间的鸡蛋,像一朵盛开的白莲般漂浮在童话般的红色米酒里。闻着那带有酒味的蛋香,还没吃你就先醉了。

但这种料理一般是给生孩子的女人吃的,别人是吃不到的!

尾肠

陈理华

在闽北,有一种小吃叫尾肠。尾肠的做法是先买来一大段猪的尾肠,洗净,一头用线扎紧,然后将这条肠子吹得鼓鼓的。再将吹好的尾肠挂在阴凉处,直至晾干。

灌肠时,先将糯米浸泡到微微发白、发软。等到锅里的水烧沸,将糯米放入沸水里滚两滚再捞起。

热锅倒上适当的油,放入葱白炒出香味,倒入切好的肉丁,再加入香菇丁或红菇丁,爆炒几下。再把刚捞起的糯米倒进汤里,加入盐、红酒等调料,炒两下,起锅,装在一个大碗里，打入一两个蛋，拌匀，此时，馅就已经做好了。这时把早已晾干的尾肠取下洗净，解掉扎口的旧线，用新线扎紧尾肠的一头。

灌尾肠时，用一特制的漏斗将备好的馅慢慢地灌入，灌时要不时地用手抖抖、捏捏，让里面的馅变均匀，灌满后，再将另一头扎紧。

将灌好了的曲成一圈的尾肠，与冷水一同下锅，文火慢慢地"孵"。本地人叫作孵尾肠。在孵的过程中，渐渐地，淡而新的香味慢慢飘散开来，这带有烟火气息和岁月遥想的味道，光闻着就让人心里平添了许多美好遐想。于是，一些絮语，一些记忆开始像蝴蝶一样飞舞……

有着雕塑之美的尾肠，无论是自吃还是待客都让人美不胜收。狼吞虎咽中，原生态的稻米之香，在隐约的咸味里，任你意象铺陈。但这么好吃的美食，却不是随时都能品尝到的。

从前物质匮乏，要吃尾肠，一是过年，灌好煮熟的尾肠，被切成一片片码在碟子里，恰似银圆，又像蓝天白云下长满丰腴稻谷的层层梯田，它们象征着富贵与荣华。出于对富贵和金钱的追求，在过去，家家户户在过年时都要灌尾肠。

二是女子结婚时，娘家要灌一条尾肠，将尾肠与麒麟腿的鸡，一起放在丁篓里挑入男家（麒麟腿的鸡来自女方，俗称咬腿鸡）。第二天，新娘子回门，丁篓里的尾肠，才会被婆家的人拿出，切片加热后端给左邻右舍分享。这时候，接近原生态的热尾肠，像是从雄阔辽远的亘古里走来的和善大使，代表着新娘子的问候与祝福。泛着古老暖意的尾肠，大伙尝着，在味觉的绵柔与清新中，邻里间就此多了一份友情与关爱。

三是女子结婚后怀上第一胎时，娘家人要送坛子。坛子里有鸡，有尾骨，还有就是一条灌好煮熟了的尾肠。这尾肠谁也不能吃，只供孕妇一人慢慢品尝。糯米是一种温和的滋补品，有补虚、补血、暖胃、止汗等作用。对于妊娠的孕妇来说是最好，也是最经济的补品。同时，这尾肠也代表着父母对出嫁女儿质朴而芬芳的爱和一份深深的挂念。

谁能知道，一条普通的灌尾肠，在村民朴素的心里，却承载着富贵、喜庆、友情和关爱！

琳琅满目的闽北糕事

陈理华

南人食米,北人食面,地域、人文之属的天然划分,造就了中国大地上两种截然不同的饮食习俗。它以千年不变的顽强姿态,盘根错节在中国人的生命里。在历史悠久的传统水稻作物产区,闽北人的食米之俗除了一日三餐的粥、饭之外,还会因逢年过节而产出各式各样的糕点和粿。它们或挟裹着年节的气息扑面而来,或夹带着街头巷尾的乡村滋味静候食客,用足以令人垂涎三尺的情感滋味,诱惑着味蕾,也勾起了游子绵绵不尽的思乡情结。

春节之糕

乡民们对饮食的理性认识中，大多从口感出发，追求美味、色佳，所以各地的节日食品就显得千差万别了。与其他地方大不相同的是，闽北人的春节之糕主要有两种，一是年糕，二是米蜂糕。

年糕是过年时家家户户一定要蒸制的节令食品，因"糕"与"高"谐音，因此吃糕就寓意着步步高升，生活美满如意，身体健康长寿。

年糕蒸好，糕心处还要贴上一张有着福字的正方形红纸。这从历史深处走来的年糕，作为岁月的产物，能让所有尘世世俗，都在大年夜的欢喜中变得生动有趣。

过年分岁（把旧与新年分开的意思）后的年糕，在吃年夜饭时，家庭每个成员或多或少都要吃点儿。年三十吃一口年糕，寓意着来年一切清吉、平安。其余的年糕留着正月待客用，这风俗年年都是这样的，主人给客人留下的不仅仅是年糕，更是一阙温暖亘古的歌。另外，正月里第一次上山或下田劳动时，也要吃上几片年糕，以示这一年一家人在劳动中平平安安。

正月初二，拜年的客人到来，主人把已变得有点儿僵硬的年糕端出，切成薄片，蘸上拌有蛋清的淀粉，放到铁鳌子上用炭火慢慢地烤。在炭火的炙烤下，农家小院里糕香四溢。而那些早已淡忘的亲情、友情，在糕散发的清香里，变得亲切无比。

当年糕烤得外酥内软、油乎乎时，被一块块夹起，一层层地码在一个青花瓷盘上。吃的时候夹一块膀蹄肉卷在金黄色的年糕里，那种甜中带咸、咸里有甜的味道，刚一入口就划开了味觉上美妙无比的记忆。宾主在这奇异的芬芳里，就着一杯红酒共话桑麻。年糕和酒的香味在村子的四周飘荡着，把节日的氛围渲染到了极致。

除了年糕，米蜂糕也是闽北过年时家家户户都要制作的节令食品之一。米蜂糕的制作，主要是为了丰富生活，让年的滋味丰富充裕。米蜂糕也可以说是一种干粮，开春后，无论是上山砍柴，还是下地劳动，带上一点儿米蜂糕做成的点心或当午餐吃很是方便。米蜂糕更是小孩的零食，肚子饿了，打开铁桶，抓出一把就能吃个够。

小满之糕

小满这天,家家户户都是要吃松糕的。小满的松糕,意在一个"满"字(因松糕是发糕,蒸熟时会满起来,形成一个山字形,像极了丰收时粮仓里山一样的谷堆),吃松糕就是为了祈望本年五谷丰登、财源滚滚……

蒸好的松糕,蓬松、绵软、甜蜜。淡淡缕缕的清香,在村庄清新的空气中飘溢,如风华正茂的初夏之风,划过似水流年的岁月,抵达祥和安宁的农家宅院。村民们说吃了小满的松糕,平淡无奇的日子也会变得圆圆满满。

端午之糕

端午正值闽北雨季,雨季到来时,常常下个不停,还时不时地让大溪、小溪闹场大水。这时,村民便认为是天破了个洞,而管雨的神仙睡着了或云游去了,所以雨才一直下。过节时蒸上一床脱水糕,意在用水糕把天上那个破洞补好,把这绵绵无期的雨给止住,雨停下来了,大水自然也就不会发生了……

端午一般蒸的是脱水糕或九层糕，也有蒸年糕的。脱水糕和九层糕的配料是有差别的，脱水糕用的是早米和糯米，其比例是：三斤早米配半斤糯米。制作时加糖，用文火蒸成。脱水糕的特点是，黏中有糯，绵中带软，甜而不腻。农人所有的辛勤劳作，都在这一床圆圆的脱水糕里，咬上一口，叽叽叽叽的吃声，是生命里最动听的音乐……

九层糕，用的是早米，制作时加糖，若有人觉得甜点儿容易腻，便放精盐制成九层咸糕。九层糕制作完成后，装点儿在小巧的盘子里，从远处望去，放糖的红色九层糕像是村口绽放的石榴，红红火火，热热闹闹；而放盐的白色九层糕，则像是祖传下来的白玉盘，有一种天高云淡、月明风清的高贵。不论是甜的还是咸的，它们的清香同样缭绕在朗润的日子中，咀嚼在农人的回忆中。

九层糕里的"九"是阳的极数，谐音又同"久"，代表天长地久，是个很吉祥的数字。所以，吃九层糕表示着好日子会天长日久地过下去；再有九层糕是一层层增高起来的，象征着步步高升，故而常用来祝贺莘莘学子考上大学或是小孩过生日。

关于九层糕,也有一个美丽的故事:话说王母娘娘做大寿,各路神仙都前来拜寿,在众仙欢庆之际,七位仙女却想趁此机会,偷偷下凡,到人间游玩。谁知,这件事被一位大仙发现了,于是,他动了法术,想让七位仙女永远不能回天庭。

七位仙女们在充满人间烟火的尘世间游啊,乐啊!像是一群飞来的麻雀,叽叽喳喳。天黑下来时,她们觉得应该回天上去了。可是,无论她们怎样使用仙术,却都失败了,知道定是天上哪位神仙在惩罚她们。上不得天,她们便偷偷溜进了一户人家寻食,正巧这户人家准备在第二天办婚事,厨房里有一种七层糕点。

当她们吃得高兴之时,突然,有人进来了,无处可躲的七位仙女,便各自钻进七层糕中的一层,为了保护严密,她们又使仙术在七层的上面变出两层糕面,加起来共九层。本来贪恋红尘繁华的七仙女,也许真要在这凡尘混一辈子了,不想这九是最大的数,是可以扶摇直上重霄的,七仙女就这样乘着九层糕里的"九"字,回到了天庭。留下美味无比的九层糕,让世人大饱口福。

中元之糕

年糕在一年一度的鬼节里再一次隆重登场。民间说：鬼节是鬼过年，所以也必须蒸上年糕，表示对祖宗的敬仰与怀念。鬼节蒸好年糕后，不用一床都拿到供桌上承受香火，只需切上一块长方形或正方形的，放在一个托盘里，摆供桌上祭祖即可。那一盘静静地摆放在供桌上的年糕，给人带来几分神秘，几分思念。

中秋、重阳之糕

金秋的乡村，正是风情万种的时节，当镰刀割倒一片垄上的金黄后，家中米缸里满满的尽是碾白的大米。这时农妇会在中秋和重阳这两个节日，变着法子做出各种糕点美食来，让家人享受丰收的乐趣，品尝生活的甜蜜。榛子糕、芋子糕、山药糕……可以说是五花八门，什么样的糕都有。而重阳这日登高就是为了辟邪，吃糕也暗含着登高的意思。

年糕

年糕在闽北人心中有着至高无上的地位。大年三十送走旧岁，迎接新年的年糕，盖房子上梁时的年糕，老年人做寿时的年糕，过年宴请亲朋时的年糕，就连在鬼节，都离不开用年糕来祭祖。

年糕的做法，是选择最优质的糯米和早米，按三比一的比例配制，即糯米三斤，早米一斤。若是再加上一斤半红糖，就搭配成了民间常说的三脚搭了。先用水把米洗净，将米用清水浸泡几小时，看米浸得微微发白时，拿到石磨上磨。在磨浆时，磨口处绑一个白布做成的糕袋子，袋子外套着桶，浆磨好后，糕袋子取下，用一根绳子把袋口扎紧。把磨洗净，再把袋子里的米浆放在磨床上压去米浆里的一部分水分。

解开袋子，米浆用手抓捏有湿感，却不开裂，也不觉得水多而马上融化开来时，说明已固化的米浆可用于做年糕了，这时把红糖捣碎或融化来拌入米浆中，用大铁鳌子蒸成。一定要红糖，因为这样做成的年糕代表着喜庆。

注意，一定要把红糖拌匀，拌得米浆和糖融成一体，再也分不出哪是米浆，哪是红糖。若搅拌不匀，蒸起的年糕会一块白一块红，这样的年糕就是次品，不能用以分岁或办喜事，需重新蒸过一床。

开始蒸糕时，把早已洗好，涂上少许油的鏊子（一种专门用来做糕的生铁铸成的底略小开口的器具）放入大铁锅里，再将调好的糕浆徐徐倒入其中，用文火慢慢地蒸。在蒸糕的过程中要不时地加入后锅里的温水，这样锅里的水保持在一定的水位，年糕边才不会因为变酥而使蒸起来的年糕在美观和质量上大打折扣。蒸上约两个小时，等年糕熟了，便将锅盖掀开，退掉灶间的火，等锅里的温度降低些，双手各垫一条湿帕把锅里的糕小心端起。这样一床完好的有着深棕色的年糕就算是蒸好了。

在整个做糕的过程中，家里的人员都要保持一种愉悦的心情，不能说不中听的话，更不能有不吉利的言语出现，否则都是对年糕的不敬，会被视为不祥。做糕之前，大人自是不必说了，父母也会反复交代小孩，不能哭闹，更不能出口骂脏话……

蒸糕之前，还要先到大厅供桌点香，大门口也各点一根，最后灶台上一根。点香，一来是对年糕的崇敬；二来，古代没有钟表，这香就代表时间，以烧香的长短来参考时间。主妇将糕放入锅中蒸时，口中会念念有词地说上"蒸糕！高升！"之类的祝福语，语气短而欢快。

蒸好的糕要先放在灶台上，先敬灶神爷，然后再分岁。分岁时贴上代表喜庆的红纸，端到大厅供桌上。在没做完这些仪式之前，谁也不能去动用这床糕的。

在民间，这些看似寻常、简单的吃食里包含着最有价值的文化。年糕代表着步步高升，代表着团圆，代表着幸福美满，而且还能辟邪祛病保平安，是人们精神生活的一种寄托。

榛子糕

榛子与米按一比二的比例进行搭配，米用的是早米。制作时，先把榛子去外壳，再剥去里皮，煮烂，拌到磨好的米浆里蒸，加少量油。之后的做法与水糕一样。蒸好的榛子糕，吃起来甜中带沙，一个个金黄色的榛子，浮沉在糕体中，像落寞万千、欲语还休的少女，沉沉浮浮在一种甜腻的时空里不能自拔。资料上说榛子糕的营养价值极高,有强壮体魄、明目健脑的功效,深受老人和小孩的喜爱。

肉糕

肉糕,顾名思义就是加上肉的糕,做肉糕时用的是五花肉,将它切成肉丁,拌到米浆里蒸熟。其他用料与做法和做年糕一样。肉糕,没有节气之分,想什么时候吃就蒸上一床油腻腻的肉糕。

芋子糕

将芋子与早米按一比一的比例进行搭配,放到锅里煮烂,剥去外皮,用刀身拍成芋泥,拌入米浆中,加少量油,再加上适量糖。刚出锅的糕,那些藏匿在糕体里的白白的芋肉,如秋日河边浅浅的芦花,正目睹秋风轻拂过枝头,温热的忆念,恍如枕中一梦。芋子糕软滑爽口,能增进食欲、补中益气,是体虚者的最爱。

槟榔芋糕

将槟榔芋与早米按一比一的比例进行搭配。槟榔芋去皮后，切成小块，在蒸笼里蒸熟后将其捣烂成泥。将槟榔芋拌入磨好的米浆中，加少量油和适量的糖。做出来的槟榔芋糕又沙又香，绵软可口，味道清香甜美，易于消化吸收。吃着槟榔芋糕，仿佛置身于一片灿烂云霞的美丽风景中，并将这幅画面永远地搁置在记忆深处。

山药糕、紫薯糕

山药与米按一比一搭配。先将山药去皮，放蒸笼里蒸熟后碾成泥，或是直接将生的山药磨成羹。加少量油，拌入磨好的米浆里，加上适量糖。紫薯糕的做法与山药糕相同，先把紫薯去皮，磨成羹。将五花肉剁成肉糜，加上适量糖，一起拌入米浆中蒸。这两种糕可以健脾益气、补而不腻，对于体弱多病的人来说，是不错的滋补佳品。

乡村粿事

陈理华

闽人的粿品种繁多，其制作要求精细，所需调味多样，烹调方式极为考究，又因其营养价值丰富，吃起来色、香、味俱佳，故而深受人们的喜爱，历代相传中又推陈出新，最后形成一种独有的风味，是当地文化的一个缩影。搓成的粿形状多以圆为主，取团圆和谐之意。

粿在闽人生活中有着无可替代的功用，它的精髓早已根植于千千万万普通家庭中，融入节庆文化里。首先，粿被作为祭神拜祖的必备贡品，在祭品里的地位仅次于"三牲"。巧手的农妇把柔韧、绵软的粿捏搓成各类动物模样，用来祭祀祖先或神灵，寄托人们的一些美好愿望。在乡村，粿除了用于祭祀之外，更多的是用以平时改善生活和节庆，蕴含着浓厚的地方文化色彩。

如果说年糕以沉稳老练著称，那么粿就是以热闹张扬而闻名。糕身份高贵，有着逼人的富贵之气；粿出身平凡，其身上蕴含的是人间烟火之气。

粿，米食也。在物质十分匮乏的远古年代，粿这样的美食在乡民们心里显得尤为珍贵。故而生下来的孩子，有许多就直接叫上与粿有关的名字了，什么黑米粿、白米粿、糙米粿、早粿、黑粿、白粿、粳米粿、粿包、粿巴、糍粿、粿包菜等等，不一而足。

说起粿事，在闽北，一年当中最早粉墨登场的粿是清明粿。清明粿里包含着鼠曲粿、艾粿和金樱子花粿。

据说，先人逢春荒时，常采鼠曲草、艾草、金樱子花拌着其他杂粮吃或者单独吃，借以求生。后来逐渐演变成一种美食。

"清明时节雨纷纷，路上行人欲断魂。"杜牧的诗，为我们展开了一幅凄迷感伤的画面。在这悲情画面前,用什么来纪念逝去的亲人呢?闽北人是用粿来表达对亲人的思念的,清明节的扫墓祭祖活动中少不了粿。用粿当祭品除了表示对祖先德泽的感念,还表示对亲人的无限哀思。

每逢清明时节,万物复苏。村妇和小孩,会在这个大好时节,挎着竹篮,背着竹篓,到田野上寻找一种灰白色的小草,乡民叫它——鼠曲草。把这些草和着大米做成粿,便是鼠曲粿。

山村的小路边,一到春天,地头上就会齐刷刷地冒出一大片的野艾草。这铺天盖地的野艾草,散发着清香,充满了蓬勃的生机。采摘下来后,用糯米做成球形有馅的美食,这种粿叫清明粿,也有人叫它艾窝窝。因为艾草能产生奇特的芳香,可驱蚊虫蝇蚁,净化空气,所以民间常认为艾草能驱除妖魔鬼怪。

春夏之交,闽北山区湿气重,采下那一蓬蓬洁白如玉的金樱子花来做粿,有利尿解毒、祛风驱湿之效。

从立夏这天开始,农民就要开始下田做重活了,为了不使身体在炎夏中亏损消瘦,立夏时就应该进补。故而在闽北,也有"吃了立夏粿,就要抟大腿"的说法。

做立夏粿时,要选上好的早米,浸泡几小时后磨成浆,而后将洁白浓稠的米浆倒入烧热的大铁锅中，用锅铲不停地搅拌，直至米浆越来越稠，变成固体的粿。用锅铲将粿抹开，盖上锅盖，小火慢烤，锅底的粿变成铜钱厚的锅巴，把上面的粿舀起，菜刀沿着锅边刮去，一口小锅样的金黄金黄的锅巴被驮起来了。将刚起锅的锅巴重新放入锅中走一下油后起锅，又酥又脆的锅巴，包上粿菜后，真是又脆又香又爽口。

米粿在锅里反复焖到用手搓时不粘手为熟。这些熟了的粿，用锅铲铲起，装在木盆里，趁热搓捏成一个个圆溜溜的粿皮，用香菇、山间小笋、肉丝、姜末，或腌菜、芋头丝等材料炒成的菜作为馅，包成一个个鹅蛋大小的粿包。这种粿包软和爽口，别具风味。

另外一种吃法就是将粿搓成粿条，不包馅，要吃时起高汤，和着青菜和肉一起煮。可谓清香扑鼻，柔滑绵密。

仲元节，家家要制米粿和龟子粿。做好的早米粿要搓捏成粿猪、兔子的样子用以祭祀祖先。龟子粿，顾名思义，就是样子像龟的粿。古代，我们的老祖宗以龟祭奠，后来活龟不好找，逐渐以龟样的米食替代。

家里头胎小孩满月时，这天要做上一大锅满月粿，分给左邻右舍。满月粿不包馅，只是搓得如鹌鹑蛋大小，用小碗装一碗送人。这些送人的粿，一来是主人家表示对新生命的庆贺，二来是要大家一起来祝福小生命健康成长。

白粿和黄粿是一种专门为过春节而准备的美食，每家每户都要做。因为一年只做一次，往往一次都要做一百斤以上。打白粿时最少要三个人才做得成，是一种集体活动，是乡村吃食方面的一项浩大工程。

粿并不是在什么时候都可以吃的。首先，过年不吃粿（指的是用早米磨浆做成的粿），到了腊月二十四，家里就不能做粿了；家中有人坐月子时，一月之内也不能做粿，但满月这天必须要有满月粿；有人生重病时也不能做粿，若是家中有老人过世，出殡后，至少要等到六十日后才能做粿。

据老人们说，做粿是热闹的事情，且要动刀，被认为是不祥的。那菜刀在铁锅上铲锅巴时会发出"唰唰唰"的刺耳声音。这声音对神灵和刚死去的人都是一种极大的不敬，对小孩和病人尤其不好。

闽北一带，每年的秋收后，村民要吃"洗格糍粿"。"格"是闽北人用以打谷子的农具，四四方方的，用时三面围一张竹席，格里放一架小竹梯。

　　谷子收完后，这个"格"就要洗净，收藏起来，等到明年秋收时再用。出于对粮食的崇拜和对劳苦功高的"格"的爱护，这里的人就把欢庆丰收的粿，叫作"洗格糍粿"。村子里吃洗格糍粿时，是集体进行的，米也是大家凑起来的，吃时只有洗格糍粿，没有菜，也不要桌子，大家站着嘻嘻哈哈地吃，吃饱就行。

　　黄米粿，传说这种食物的得名跟黄巢有关，是黄巢出征时跟山中一名樵夫所学，因黄巢大军深得民心，故民众都积极响应，制米粿以助义军。此后，米粿因被义军征用而闻名，民众也亦因为纪念黄巢义军而把这种米粿更名为黄米粿。黄米粿是闽北民间极富特色的美食，传说能吃上黄米粿，表示着本年的丰收，预示着来年的希望。

各种粿的做法

陈理华

清明这天一定要做清明粿，做粿时选用早米。选好的大米洗净后，用清水浸泡至微微发白，米软了后，拿到石磨上去磨，磨成的米浆不能太稀，太稀了做成的粿就叫烂粿，搓不成形。

将磨好的米浆徐徐倒入温热的锅中，再加上些碱。做粿时，用笊篱铺上纱布，装上灰，浇上开水，用沥下的碱水来做粿。当然，碱不能放太多，太多了做出来的粿不但不好看，还不好吃，但也不能放太少，太少了粿就少了韧性。

倒进大锅里的米水浆,在徐徐的搅拌中慢慢变成固体,这时就不用再搅拌了。将已成固体的粿用锅铲在锅底抹开,盖上锅盖,文火慢慢地烤,直烤得锅底下的锅巴渐渐地厚起来,香味透出锅盖。这样,把粿舀起,锅巴用菜刀铲起,放上些油,锅巴再往锅里走一下油,一锅油腻喷香、又酥又脆的锅巴就做好了。

将刚才舀起的粿倒入锅中继续焖,直到粿熟,舀起的粿用筷子切成一小块一小块的,手心抹上油,拿一块放入手掌心,压成粿皮,包装,搓成鹅蛋大小,码在竹篮上,再放到锅里蒸一下。这些热气腾腾的粿包,散发着一缕青青的草香味,匝在唇齿间的回味,绵绵地回荡在青山绿水的润泽中,静静地滋养着村庄,滋养着村民的身体。

鼠曲粿有两种做法:一是从田间地头上采来鼠曲草,倒入筛子中,捡去杂草,放入清水中洗去泥沙。锅里烧上一锅开水,将鼠曲草放入锅中焯一下,看那草变成深绿色后,马上捞起,挤去里面的水分,放置在案板上,用刀剁碎,再拌入磨好的粿浆中,其做法与清明粿一样。

将粿浆倒入温热的锅中,焖到熟,就是质优、味美、色香的鼠曲粿了。深绿色的鼠曲粿像刚从深山开采出来的不染尘埃的碧玉，吃起来味甘，有着草的清香。

另外一种做法是将拌上鼠曲草的米浆，拌上糖，放到锅里烧热，放上油，再舀上一勺，放入锅时抹平，待边上微微卷起，用刀铲起翻过一面，直到烤熟，其状如饼。如饼的鼠曲粿在青青草绿中贮存着几度流年，若梦浮生，时光剪影。

鼠曲粿有祛痰止咳、清脾健胃的作用。不过，它是季节性的食品，只能在一定时期才吃得到。

制作龟子粿时，是用糯米和早米，按三比一的比例搭配而成。将米磨成米浆后，把磨好的米浆用糕袋子装好，放入磨上压去水分。压成薄皮后包上菜，菜有两种，咸的和甜的。包好的龟子粿，再用新鲜的芭蕉叶整个包起，放入锅里用大火蒸熟。打开裹着的芭蕉叶，里面是一个像龟子一样的粿，这粿如汉白玉一样光洁柔滑，清明朗润。

腊月中旬，村子里早已经粿香飘逸了，为过年增添了几许年的味道。

打粿是一项集体活动，也可以说是一项比较浩大的工程，最少要有两个男人才能进行。男人护责打粿，家庭主妇则麻利地在一大木盆里淘米，捞米，小孩烧火。

早已浸泡好的米，被捞出后，沥去水分。在等到大铁锅里大半锅水烧沸后，将白白的米放下锅里，滚两滚，形成米蛋（就是半熟不熟，还没开花的米，我们这里叫米蛋），用笊篱捞起，倒在石臼里。男人用一碗口粗的叫作大山猪的木杵，一下下地捣成粿菜，也就是让那些米蛋基本粘在一起。粿菜捣好后，从石臼里端起，放在一张早就洗净的木桌上，众人齐上前，将还温热的粿菜掰成一小块、一小块，码在一个特大的木饭桶里，放到锅里用大火蒸，蒸熟的粿菜再次倒入石臼。

这时，会有一个人双手高高举起木杵，对着粿菜捶打，旁边站着一个半弓着腰的拨臼人，当打粿人的木杵举起时，伸出双手很快地把石臼里的粿拨弄一下，目的是让粿能打得均匀。两人默契地配合着，轮流着打与拨。一臼粿下来，两个男人都累得满头大汗。

捶打后的粿在案板上搓成条或压成饼。压成饼的粿，主人会拿上几块，放在沾上红花的粿印上，印上红红的福字和春字。印有字的粿不能放入水里浸泡。

印有福字的粿在过年时摆在供桌上，代表着一家人永远都过着丰衣足食、生活美满的日子；印有春字的粿饼是迎春时用的，几块白粿上的红色的春字，代表着这家子在一派勃勃生机里，越来越美好的生活在前头等着他们去迎接。

搓好的粿晾干后，码在可以装上上百斤粿的大缸里，倒上清清的冬泉，一直可以吃到来年的四五月份。浸粿的水一定要冬天的泉水，立春后的水浸粿，是保存不了几天就会坏了的。

有一部分粿，主人趁它还柔软时将它切成粿丝或粿片，晒干后贮存。要吃时随时抓几把放到水里泡软，或是嘴馋时到缸里捞出几根，切成片或丝炒来给自己打牙祭。这粿吃起来软糯细腻，滋味清香。白粿、黄粿是用特意种植的粳米来制作的，里面有着秋天的成熟和丰裕。

白粿、黄粿色泽晶莹，吃起来很韧，滑溜溜的，味道独特，很有嚼劲。可以用煎、炒、炸、蒸各种方法进行烹饪。无论用哪种，都很好吃！

当然，被收藏起来的干粿丝是不能晒的，一晒就会开裂，碎得不成样，只有放阴凉处晾干。另外，无论是打粿、晾粿，都要远离家里的酿酒坛，否则粿就会变红，不能吃了。

黄米粿，取自山中一种叫山茄佬的灌木，将它烧成灰后的汁来给粳米染色的，用栀子也可以。这样制作出来的黄米粿色黄如金，米会变得更香也更容易消化，可数十日而不坏。

麻糍粿是将糯米浸泡一夜后，捞起，放饭甑里去蒸，蒸至米熟成饭，倒入石臼中，以木杵捶打。其打法与打白粿一样，使原本一粒粒的米完全融合在一起，变成柔软的棉团状，显得温情婉约，像是等待着去赴约一场乡村简单古朴的宴会似的。

然后将芝麻炒熟碾碎，将捣烂的黏饭撮成一小团、一小团的模样，放到糖与芝麻粉里滚，香味浓厚的麻糍粿就做成了。

种菜记

邹安音

我喜欢种菜！

小时候家里的自留地很珍贵，那时候根本没有让我实践的机会。后来还是在我有了自己的家的时候，才时常有机会体会种菜的乐趣。不过我最难忘的种菜经历应该是住在部队那段时间。

空勤楼围墙前面有很多空地，但是之前谁也没在那里动过一铲土。因此空地杂草丛生，很是荒芜。我瞅着这么好的一个舞台，应该是我施展才华的时候了！一个周末，从老乡那里借来锄头，发扬南泥湾精神，马不停蹄地开垦起农田来了。老公根本没时间帮忙，全靠我一个人。

土里埋着很多砖瓦石头，我费劲力气，终于开垦出几分地。恰是春天，万物生长的季节，我买来辣椒、丝瓜、黄瓜、南瓜等应季蔬菜种子或者苗苗一栽，再从老乡那里弄了点土肥，就开始等结果了。

那些日子真是充实。每天浇完水，看着苗在点点拔节，一天天长高，再之后看藤蔓爬满院墙，那完全是一种葛朗台看到金子的感觉。这些藤苗也是一种无与伦比的美，因为它们给空勤楼带来了生机与活力。所以后来当菜农把我挂在墙外的丝瓜顺手摘了又拿到部队菜场卖时，我都不知道是哪家人有这么好的福气，居然不明就里就吃了我的绿色正宗无污染丝瓜！

当年战果很丰盛，我们家除了猪、牛、羊等自己种不出的以外，基本不用买菜了。渐渐地，空勤楼刮起了一阵种菜风。我正准备扩大农场，朝着更大规模规划时，旁边的地早被邻居夫妇扒拉了。之后，空勤楼前面再无空地。那时候，一有空，家家户户都在自己的菜园忙活。这个事情好出名哟，后来整个部队都知道了我们自给自足的事迹。

如今居住在城市里，我仍然想种菜！但是到哪里去弄菜地呢？我开始跟老公商量：我喜欢种菜，你看我们娃娃小时候就是吃了我种的绿色无污染的菜，才这么茁壮成长。要不我去买块菜地？

征得老公同意后，历时四年，今年春节，终于寻觅到一块称心如意的大菜地。菜地前面是个大露台，简直是返璞归真了。老公规划着在露台弄假山假水，我则计划在菜地上先栽几棵桃子树或者橙子树，以后娃娃的娃娃回家时，我可以很骄傲很自豪地说："走，外婆带你去摘我们家的果子！"

寻找舌尖上的童年

邹安音

在菜市上发现一个农村老大妈卖蔬菜,我买了一大堆,又惊喜地发现她兜里还有一两斤胡豆,我也毫不犹豫地买了。

我现在从不在超市买蔬菜,总觉得茄子没有茄子的味道,西红柿的味道也变了样。我总是喜欢走很远的地方,专挑农村大爷大娘新挑来的菜蔬。因为从小在农村长大,且好多菜蔬自己当年也种植过,所以我一眼便能分辨出菜蔬的地道与否来,我觉得这绝对应该是孩子的遗憾,女儿从来不知道地地道道的农村菜蔬是什么样的。所以我现在就经常在厨房里教她认识各种各样的土菜蔬。我觉得我是给了孩子将来料理家庭生活的一笔财富，同时也是给予她未来幸福生活的一点无形中的财富储蓄。

我迫不及待地走进厨房，把一袋盐倒进锅里，然后把孩子叫到锅边，那时候她正在上网听音乐，手指也才从钢琴的键盘上拿下来。我说："小时候外婆炒胡豆是用沙的，我用盐巴代替是一样的效果。用小火这样慢慢地翻炒，炒出来的胡豆就会很香很脆。小时候，胡豆漫山遍野都是，最欢喜的是生产队长锣鼓一敲打，说分胡豆了，大家便欢天喜地地聚集到一起，欢天喜地地拿回分到的胡豆，回家欢天喜地地煎炒，然后倒进口袋。如果遇上哪里有电影看，胡豆便成了看电影时的最好美味了。"

这时候，我许多童年的记忆便如水一般渗进心灵，也湿润了我的眼角。关于那个年代的，关于那个年代的久远的一些事情，关于那个年代舌头上的刻骨铭心的记忆，都让我不能释怀。

那时候的记忆，大多都是与饥饿相关的。母亲一个人要抚养几个孩子，是多么的不容易。但是于艰难之中，母亲却总是给了我童年最美味的记忆。自留地种植的花生和胡豆，家里再穷都是不会卖的，过年时，妈妈把它们煎炒一番，然后一颗颗地让它们在我的怀里发出欢乐的尖叫声，这是我心中最美好的记忆。夏天的院坝里，玉米棒子的毛穗和麦穗的毛刺有时会刺伤我的皮肤，但是却让我的心满盈喜悦。我知道有了这些东西，我就会离饥饿远一些。所以啃着玉米看着院坝的萤火虫飞舞，我的童年是幸福和快乐的。

"现在从来看不到萤火虫了，不知道萤火虫是啥样子。"娃娃在我身边说，在我敲打出一排字的时候她这样说。

是的，现在要想找到我童年吃的那些东西的味道，就跟找萤火虫一样困难。我每天在菜市场闲逛，很久都不知道买什么好。总怕这鱼是喂了肥料的，这西红柿是上了色素的，那茄子是弄了膨大剂的。

就跟我家乡的小河已经断流一样，我知道，童年的记忆已经衔接不了现代的生活了，就永远只能是记忆了！

葱油饼

张冬娇

立秋后，连续几日的阴雨绵绵，天就凉了。不知不觉间，街面货摊上，店铺橱窗内，层层叠叠、密密麻麻地堆满了各式各样的月饼。水果味、双黄蛋、五仁的、火腿的、豆沙的，琳琅满目，应有尽有。有的还用精美的木盒装着，金枝玉叶般，价格上百上千。我曾经也用刀叉优雅地将月饼切成小块吃，只一两口就腻得不行。月饼，某种程度上，也就成了中秋佳节的点缀与装饰。

在农贸市场的一家小作坊，我惊奇地

看到了小时候经常吃的苏式葱油饼，现在很难看到这种月饼了。用硅油纸包裹着，油纸外面，渗出金黄的油渍，非常诱人。包裹上印着绿色圆形，中有嫦娥奔月的图案。下面注明配料，分别是面粉、芝麻油、花生、陈皮、青红丝、桂花糖、冬瓜仁等做馅，这些都是农家自产的，吃着甜而不腻。一块一块的月饼叠在一起，像叠起往昔层层甜蜜的岁月。

在那个物资匮乏的年代，吃月饼是很奢侈的事，平常的日子想也不敢想。临近中秋，商店里的也只有这种苏式葱油饼。家里条件好的同学，就带了月饼来到学校，课前课后，拿出来，一层层打开折叠的包装纸，金灿灿的月饼看得我们垂涎欲滴，香味弥漫在教室里，冲击着外面的味蕾，听课也没心思了，只盼望着中秋节的早日到来。

盼啊，盼啊，节日终于来了，学校也宣布放假了。农历八月的乡村，天空总是高远而晴朗，秋风吹过面颊，让人身心舒畅。田野里，稻浪滚滚，像金色的海洋；晒谷场上，花生、黄豆荚、芝麻秆也已干了水分；房前屋后，高大的柚子树也挂满了泛黄的柚子，像一盏盏灯笼。中秋节的乡村，处处弥漫着丰收的祥和气息。

夜晚，月亮升起来了，牛乳一般，远处的田野小径，近处的房屋树木，就朦胧在柔美的月色里。一阵又一阵的爆竹声响过后，家家户户，红烛高照，桌上摆着月饼和柚子，这时候，是我们在节日里最快乐的时光。每个孩子可以分到半个或一个月饼。母亲就叮嘱我们，好东西要慢慢品尝。我们小心翼翼地打开包装纸，月饼外面的面粉，层层起酥，洇着金黄的油。一股浓郁的香味扑鼻而来，纸是香的，桌子也是香的，手是香的，连空气也香的。

酥皮薄如蝉翼，如蝶似梦，我们先把最外面的一层皮揭下来，捏着放入嘴里，掉下来的碎屑，也舔得干干净净。慢慢咀嚼，除了甜，还有淡淡的桂花香残留在唇齿间，那是幸福得能掉下蜜来的美好时光。外面的酥皮看似百千层，但经不起我们一层层吃，很快只剩下甜蜜的馅了。尖着牙齿只品尝一两口，就舍不得了，包好，藏好，留着第二天吃，甚至到第三天。

月亮越来越高了，房前屋后的草丛里，此起彼伏地响着秋虫的低吟声，蝈蝈也偶尔加上几声伴奏。奶奶总是和我们讲吴刚、嫦娥、玉兔、桂花树的故事，每年都讲，是我们百听不厌的故事。我们就望着月亮，真希望自己也能成为月亮里的嫦娥，永远美丽，还可以自由地飞啊飞啊。月光底下，孩子们还在村巷里打打闹闹，嬉戏玩耍，直到各家大人催促，才恋恋不舍地告别美好的圆月，告别美好的佳节。梦里，月亮圆圆的，大大的，嫦娥在飞，在飞……

如今，奶奶和母亲去世很多年了，但月饼还是原来的月饼，物是人非，物是人非。我买回来几个，放在冰箱里，每天吃一个或半个，一点一点地吃，一点一点地品味，一点一点地靠近中秋，那甜而不腻的味道，那纯真的岁月，那纯粹的乡村美景，那浓郁的亲情，每一代人都有每一代人自己中秋的模样，我在用我自己的方式过我的中秋节。

红烧茄子

张冬娇

还是父亲的红烧茄子好吃!

每次,当我们三姊妹吃到不同味道的茄子时,就会感慨万分。

小时候,每逢暑假,在外教书的父亲才得以回家和我们聚在一起。

父亲长得好,身板好,教书、农活、厨艺等样样棒。在那个物质匮乏的年代里,没有大鱼大肉,但每天能吃到父亲的红烧茄子,也是甜蜜幸福的。

长长的夏日里,父亲忙完农活喜欢看

看书吹吹笛子，我们几个孩子就在旁边玩耍。到 11 点钟左右，父亲放下手中的书，大声喊道："摘点辣椒茄子来！"

听到父亲洪亮的声音，我们提了菜篮子飞一般地向屋前自留地里奔去。6 月的天，燥热异常。烈日下，辣椒树叶萎靡不振，毛茸茸的茄子叶也少了许多生气。但是，当我们趴在菜地里，贴着菜根转脸往上一瞧，那一条条茄子挂在宽大浓密的茄子枝叶下，光滑滑，圆溜溜，自在又可爱。只要摘下四五个，再顺带几个辣椒，一碗美美的红烧茄子就在等着我们了。

父亲已把砧板和刀搬到凉爽的堂屋里，妹妹端来脸盆，我往脸盆里倒入一瓢水。一切准备就绪，父亲安然地坐在椅子上，把去蒂的茄子，"浙"的一声横向切成三厘米长的圆柱，再"浙"的一声，每个圆柱又被纵向切成约一厘米厚的块状，然后纷纷"扑通扑通"地被浸入水盘中。父亲动作娴熟麻利，和着节奏鲜明的"扑通扑通"之声，真是一种美的享受。

几分钟后，浸透水的茄子，一一排好在烈日下的米筛中，等茄子晒得有点发蔫了，父亲收回来倒入锅里焖几分钟，水分焖得差不多了，茄子皱缩得厉害，父亲再浇点油，像煎鱼块一般烧一两分钟，翻炒下，又煎上一两分钟。然后加上炒好的青椒，洒一点豆豉，泼一点水就可以了。

　　茄子上桌，茄香四溢。油淋淋的茄子在青椒的衬托下，软绵皱松，紫黑亮光，十分诱人。装满一碗饭，狠狠夹上一大块，但不敢狼吞虎咽。因为母亲会在桌旁说，少吃菜，多吃饭。父亲不说我们，但他的眼睛一盯我们，我们就噤若寒蝉。在父母的监视下，只得尖着牙齿撕下几丝茄子，在嘴里咂摸几下，扒拉一口饭。再尖着牙齿咬几丝茄子咂摸着——这茄子的味道，酥软甜美，吃得忘情时，就会发出"吧嗒吧嗒"的声音，母亲又会对我们说："吃要有吃相。"父亲又会盯一眼我们。赶紧收敛点，慢慢吞咽。这样的吃法，茄子的味道越能尽情享受。

　　吃完两碗饭，差不多饱了，父亲才喝完了酒。菜碗里诱人的茄子还有许多，茄子吃得还不过瘾。好在父亲吃饭很快，等我们吃完了第三碗，父亲就放碗了。为了那心爱的茄子，已经吃饱了的我们又装了第四碗饭。

　　父亲站起身，望我们一会儿，然后离开了桌子。此时，我们才放开手脚大吃大嚼，直吃得肚皮饱胀，盆中茄子一扫而空，我们才罢手放碗。

直到今天，我还记得，吃过饭后坐在堂屋里乘凉的父亲对伯父说："你现在是轻松时期，孩子们能吃能做。我正是困难时期，孩子们只能吃还不能做。"父亲也许到现在还不知道，我们的能吃与他的红烧茄子有着很大的关系。

农历七月，夏季茄子树渐渐枯了，秋季茄子紧跟着上市。因足够的炎热，秋季茄子的味道比夏季的还要酥还要甜。一直可以吃到开学，父亲去远地教书了，我们才恋恋不舍地告别红烧茄子。

而今，茄子的种类越来越多，淡紫色的、深紫色的、绿中带白的，一律光滑圆溜，散在菜市场，向行人闪着诱人的光芒。这光芒中蕴含着诸多情愫，常常令人陷入一种甜蜜的回忆中。各饭店的厨师也大显身手，切成薄片直接炒的，或与辣椒一起蒸了捣碎一起的，或切成长条形加入碎肉焖成茄子煲的——但他们烧出来的茄子，远没有我父亲烧的茄子味道好。

端午节那天，我们几个姊妹相约回到乡下，心照不宣地都想再吃吃父亲的红烧茄子。当一碗香气诱人的红烧茄子上桌时，我们迫不及待地尝了一两块，味道依然很美，但似乎缺了点什么，我们的食欲也远没有以前好。不知是茄子变了，还是父亲老了,厨艺也变了呢,还是其他原因。

看来,不同的年代,各种食物才会有其特别的味道。父亲红烧茄子的美妙感觉,只能停留在记忆中了。

豆腐乳

张冬娇

也许年龄越大，越喜欢删繁就简，包括衣物和美食。在我们村里，那些老人，每天穿着棉麻衣服，餐桌上的大鱼大肉渐渐少了，但少不了的是蔬菜和豆腐乳。寒冷的冬天或春风浩荡的早晨，喝一口或稀或稠的粥，佐以豆腐乳，那种滋味伴着淳朴的米饭香浸入味蕾，他们的眼里便有了满足和对尘世的感恩。他们年年岁岁，从小吃到老，那种滋味早已刻入记忆里，根深蒂固，成为舌尖上的乡愁。

这种记忆跨过千年的历史，早在唐朝，

茶陵豆腐乳就已兴起，到南宋竟盛行起来了。据《宋史》以及民间传说记载，那一年，南宋绍兴二年（1132年），为了平定叛军曹成一部，岳飞率军在茶陵境内待了三年，留下了"墨庄"题字、光泉和一经堂等故事和遗迹。其中还有一个故事，这位南宋最杰出的统帅岳飞及其岳家军，当他们尝到当地百姓腌制的豆腐乳后，赞不绝口。平定叛乱后，带回一坛进贡皇上，宋高宗赞曰"此物只应天上有"，并要求茶陵人每年向朝廷专项进贡。

豆腐乳制作过程精细严密也简单，几乎每户人家都能制作，是极为平民化的食物。豆腐乳的原材料主要为豆腐。家乡人有句俗话，"世上有三苦，打铁挖土磨豆腐"。由此可见，做豆腐绝不是轻巧活，程序烦琐，费时耗力，还有一定的技术含量。

制作豆腐，家乡人称为"作豆腐"。一个"作"字，用的妙趣横生，与作文的"作"字有异曲同工之妙。谋篇、布局、衔接、文字的打磨。而"作豆腐"呢，是要经历泡豆、磨豆、筛浆、熬浆、点浆、收浆、压榨等诸多程序，劳心费力，才有"作"好的豆腐。

记得小时候，吃得最多的是父亲的水煮豆腐。烹调很简单，把豆腐对角切成薄薄的三角形，放入加好盐辣椒的沸水中，两三分钟后，放点葱、酱油就可以了。每一次，当饭菜上桌，父亲总是情不自禁地夹上一两块，在空中弹几下，那薄薄的豆腐顺势波浪式地动几下，并不断裂。父亲说，瞧，再怎么弹，也不会断裂，这就是好豆腐，这才是真正的豆腐。然后他饱含深情，放入口中，抿几下，一副陶醉的样子。我们迫不及待地也夹上一两块豆腐，送入口中，只觉清嫩柔滑，一丝淡淡的清鲜，合着淡淡的香气滋润着我们的心。

有了好的原材料，还要选择时令，腌制豆腐乳的最佳时节是每年的立冬后到第二年立春前。此时，气温寒冷，适宜豆腐长菌发霉。乡人准备一只大大的竹篮，竹篮里平铺一层稻草梗，稻草梗上平摊着一块一块豆腐，放在通风的房里。竹篮稻草梗都要注意干燥清洁，不然，就会积垢产酸，造成"逃浆"，影响豆腐乳的味道。天气温和的日子,只需五六天的时间，豆腐块表面就有了几抹黄霉，空气中弥漫着丝丝豆腐乳香。待到青霉一起，立即切成小方块，于白酒中翻个身杀杀菌，浇上炒好的盐和辣椒粉，收入坛中，淋上茶油，密封，豆腐乳就做成了。半个月后,揭开坛盖,清香扑鼻,挑入碗里,黄澄澄,嫩生生,令人馋涎欲滴。古人有诗为证:"才闻香气已先贪,白褚油封由小餐。滑似油膏挑不起,可怜风味似淮南。"

入口一尝,果然细腻柔滑,一股爽甜鲜香旋即向舌床蔓延,再浸入五脏六腑,整个人仿佛都融进了那馨香甜润里了,让人有种幸福的眩晕感,难怪茶陵豆腐乳素有"最令人魔化的美食"之称。

当然,只是注重制作过程的精细严密,还不足以体现茶陵豆腐乳的美味。当年,岳飞曾带了一位茶陵人随军腌制,但味道逊色多了,岳飞感叹道:"南橘北枳,其然乎?"原因何在?在于制作佐料的讲究。茶陵地理位置优越,气候宜人,土壤肥沃,水源充足,境内多山丘,是典型的丘陵地带,适宜大豆、辣椒、山茶的生长。经过特定土壤的孕育,承接日月精华和露水的滋润,这些饱满的大豆,辣味十足的红椒,纯绿清香的山茶油,再加上清纯的云阳山泉水,腌制的豆腐乳当然色、香、味俱全了。

茶陵豆腐乳的美味,还在于口感的千滋百味。制作的时间、各人的手法与习惯不一样,豆腐乳也各有各味。有的色艳甜大于香，有的橙黄甜中带酸，有的色暗香大于甜，有的干硬香大于甜……相传早在宋代，年年都要进行大规模的比赛，大家集体品尝，从中选取每年的"豆腐西施"。

印象最深的是儿时的乡下，每年都要制作一种又干又硬又香的豆腐乳，这是一件像杀年猪和做米花糖一样极为盛大的事情。人们仿佛忽略了劳动的艰辛和生活的困顿，以美食来表现乡村生活的欢喜自在。每年腊月开始，家家户户就浸了大豆，捆了干柴，陆陆续续来到村里豆腐作坊里轮流"作豆腐"。一部分豆腐炸成油豆腐，用于过年或腌制好平日里吃。剩下的就平摊在菜篮的稻草梗上，菜篮被高高吊起在对着地炉的天花板上，一挂就是个把月。菌丝越来越多，越来越长，豆腐越来越干，越来越香。寒冬腊月，一家人围炉而坐，或读书或聊天或织毛衣。窗外，寒风像刀一样扑向万物，窗台发出"呜呜"的怪响；窗内，炉火正旺，满屋里弥漫着豆腐乳香，令人感觉日子美好而温暖。

到了年底，菌丝有了几寸长了，豆腐已熏成灰黄，又硬又干。乡人才用刀切好腌制入坛。这种干硬的豆腐乳别有一种香味，保质时间也最长，可以吃到第二年的播种时节。那时节，过年的大鱼大肉已经吃完，菜园里只剩下菜薹，正是青黄不接的时候，豆腐乳就派上大用场了。

那时节，田野里油菜花开得正艳，空气里有新翻的泥土气息，家家户户门前晒满了剁碎的黄绿菜薹，人们喜欢端着饭碗坐在门前的春风里，扒几口饭，蘸点豆腐乳往嘴里咂摸几下，那种香甜伴随着暮春的暖风扑面而来，温馨而甜蜜，一小块豆腐乳就能送下一大碗饭。最妙的是喝稀饭，当豆腐乳的鲜红浸入白色的稀饭中，先漾出一丝丝红色，搅拌后，整个稀饭如同染色，粥香和着豆腐乳香一起，让人胃口大开，吃了一碗再来一碗，总也吃不厌。

坛里的豆腐乳吃到差不多时，会剩下半坛豆腐乳汁，乡人会把炸干的油豆腐浸入豆腐乳汁里，半个月左右，豆腐乳汁渗透到油豆腐里，干硬的油豆腐变得绵软湿润，豆腐乳汁的浓郁醇厚加上油豆腐的嚼头，吃起来耐人寻味。油豆腐吃完了，接着还有干笋、萝卜干等，只需一周时间，浸润的干笋、萝卜干就变得鲜嫩晶莹剔透，入口香润清爽。

小时候，总觉得那些雕花的瓷坛像个聚宝盆，里面有取不完的美味。每一次，当母亲从坛子里夹出这些美味上桌时，油淋淋、鲜嫩嫩、香喷喷，令人馋涎欲滴，食欲大振。除此之外，豆腐乳汁还可以拌炒空心菜、冬瓜、箭笋、黄瓜，在没有大鱼大肉的时代，豆腐乳把各种蔬菜也滋润得千滋百味。它的美味不仅恩养着我们的身，也恩养着我们的心，拉近我们与自然世界的关系，形成牢固的味觉记忆和丰富的情感积淀。在那个物资匮乏的年代，有豆腐乳调和着，再简单贫困的日子里，也是甜蜜和幸福的呢。

如今，茶陵豆腐乳的腌制和保存技术更高，一年四季都可以吃到豆腐乳了。茶陵豆腐乳也已远销海内外，其腌制技术也传到了大江南北，长城内外。豆腐乳含有丰富的氨基酸和多种微量元素，可降低人体内胆固醇的含量，减少高血压等心脑血管疾病的发生。它还有助于消化，能增强食欲。

在物资丰裕的今天，豆腐乳仍备受人们青睐，茶陵县城大大小小的宾馆、餐馆及粉馆的餐桌上，大都备有一小碟豆腐乳。人们在尝够众多美味佳肴时，总不忘蘸点豆腐乳品味几下。尤其是早餐，豆腐乳的作用很多，可以蘸点放入一碗粉里吃，可以用豆腐乳涂抹馒头吃，将馒头一分为二，用筷子夹点豆腐乳涂抹均匀，合在一起吃，味道妙不可言。很多人吃的也许不仅仅是豆腐乳了,而是一种儿时的味道,一种乡愁。茶陵豆腐乳不仅成为茶陵人一道不可或缺的美食,同时,也逐渐内化成茶陵人们精神文化的一部分。

六月杨梅满西岭

张冬娇

都说茶陵枣市镇西岭村的杨梅果大核小,酸甜适中,味道浓郁。六月一个骄阳似火的上午,我驱车来此,欲近距离地接触杨梅,一睹风采,一饱口福。

西岭村位于国家4A级风景区云阳山区,这里山清水秀,土壤肥沃,海拔高约五百米,是典型的丘陵地带,适合种植杨梅。站在杨梅种植基地环顾,四围群山林立,满山满坳的杨梅树一团团一簇簇,规范整齐,错落有致,仿佛给山披上了一件优雅别致的绿点外衣。

沿着一条弯弯曲曲的山路，走进杨梅树林，眼前的景象不禁让我欢呼起来。只见一棵棵杨梅树郁郁葱葱，葳蕤挺拔，一颗颗圆滚滚的杨梅，或淡白淡青，或淡红淡黄，或深红带黑，或紫乌透亮，密密地点缀在枝叶间，饱满欲滴，艳丽夺目。

"六月果初熟，枝头鹤顶丹。"熟透的杨梅蓄足了汁液，红得发紫，紫得发亮，像一颗颗红宝石，莹润冰晶，让人馋涎欲滴。"欲摘此果尝个鲜，只恨不在此山中。"而此刻，我就在山中，可随摘随尝。杨梅表面满布凸出的颗粒，柔软湿润，轻轻一捏，汁液就沁在手指上，染成一片玫瑰红。放入嘴里一咬，只觉肉满核小，一股浓郁的甜汁随即溢满口腔。

那是一种怎样的甜呢？"众口但便甜似蜜，宁知奇处是微酸。"当你在舌尖细细品味这股甜味时，一丝丝的酸味不易察觉地浸润其间，使得那单一的甜，甜得清爽，甜得隽永，甜得韵味悠长。吞下去后，这股清甜从舌头转至喉咙，再传到肚子里，浸润到五脏六腑及全身每一个细胞，滋润清凉，心旷神怡，果然是夏日的解暑佳果。

这种酸甜适度，恰到好处的美味，是大自然的巧手天然调制出来的，增一分则过甜，少一分则嫌酸，一切刚刚好，让人意犹未尽，欲罢不能。

彼时，天气闷热异常，没有一丝风，但有了杨梅的生津止渴，并不觉得难受。颗颗娇艳欲滴的杨梅迎着阳光，正"嗞嗞"地成熟，四围弥漫着醉人的醇香。一棵杨梅树的枝叶间，卧着一只鸟窝，鸟窝里安然地躺着四只鸟蛋。杨梅树下，幽深的草儿柔嫩丰茂，叶儿自然垂向四方。鸟儿在此叽叽喳喳，不远处，传来一声声蟋蟀的叫声，眼前的一切都是如此生机勃勃而又自然和谐，整个杨梅林俨然一个天然的生态植物园。

杨梅园的管理员说，十年前从江西引进品种，在此经营了三百亩的杨梅园。经过十多年的精心管理，这两年才开始挂果丰收，换作任何一个急功近利的人，早就没有耐心了。但他从来没有动摇过，没想过报酬，只把它当作一项喜欢的事业来做，专心致志地投入进去，在投入的过程中享受生命的意义和价值。

一个人，只有把生命交付给自己的事业，倾尽所有忍耐、精力和感情，才能拥有主动改善和深化生活的能力，才能获得心灵的丰盈与喜悦。而这种喜悦会传递给他经营的对象——

杨梅园，杨梅园自然会生机盎然而又和谐美好。在这种气场下，杨梅才会顺应自然，把自己的天性发挥到极致。

我想，这就是西岭杨梅酸甜适度，味道浓郁，誉满茶乡的原因之一吧。

西坝豆腐西坝味

朱仲祥

把简单家常的豆腐做出数十上百种菜品，做成一桌堪称"高大上"的宴席，这是乐山五通桥人的创举。

乐山城南岷江西岸有座古镇叫西坝，据说有上千年的历史，可以证明的就是鼎盛于两宋时期的西坝古窑。这里为岷江冲积平原，河渠密布，水网纵横，土地肥沃，物产丰富，是五通桥境内的鱼米之乡。这里不仅出产稻米，也出产大豆，更拥有清澈的溪水。这里的人们从明代时就有制作豆腐美食的优良传统，能够把豆腐的文章做深做透,做得花样翻新,异彩纷呈。天时地利人和,造就了"西坝豆腐"的独特风味和响亮品牌,使它成为乐山美食的一张名片。

至今,西坝古镇还有许多与豆腐有关的遗迹和民间传说。传说很久以前,八仙中的张果老、吕洞宾、曹国舅云游至此,见树木葱茏的山林间有一块平坦的巨石,正好下象棋,于是张果老和曹国舅摆开战场厮杀。晌午,他们肚中饥饿,一旁观战的吕洞宾遂向附近山民讨吃喝。纯朴的山民便煮豆花招待,不想几个时辰过去,豆浆始终煮不开。吕洞宾掐指一算,原来是一金龟精作怪,因为二仙下棋占了它每日晒太阳的巨石。于是吕洞宾一剑刺向沫溪河,金龟受惊升到天空,与吕洞宾展开激战,直杀得昏天暗地,不决高下。杀至凉水井,见一老妪在此纳凉,吕洞宾向她讨水喝,喝过之后功力倍增,斩杀金龟于真武山下。如今,西坝镇有三仙坝、棋盘石、磨刀沟、金龟嘴地名。据传凉水井就是观音洒下的圣水,滋养出西坝三绝:西坝豆腐、西坝生姜、西坝糯米酒。

但据《嘉州府志》记载,与赵匡胤比剑论道于华山的陈抟老祖,曾隐居于西坝境内的圆通寺,炼丹未成却炼出了西坝豆腐。这一史料写在官方的史志上，似乎不能不信。传说虽然是传说，却是饮食文化不可或缺的一部分。西坝关于豆腐的民间传说还有很多，并形成了不少通俗朴实的豆腐歌谣、富有哲理的豆腐谚语与幽默风趣的豆腐歇后语，汇成了豆腐文化的源头。不仅如此，历朝历代咏赞豆腐题材的古体诗就有二十余种，今人咏豆腐的旧体诗词和新诗也在百首以上。这在其他地区的特色美食中是很少见的。

而西坝豆腐的确切历史，要比西坝古窑晚了许多。在明朝万历年间，镇上的人就有吃豆腐之俗。而真正使西坝豆腐声名远播的，是老字号"庆元店"的第六代掌勺人杨俊华师傅。杨师傅磨制的豆腐，洁白、细嫩、绵软、回味甜润，无论蒸、煮、煎、烧、炸，都不碎不烂。在烹制豆腐时，他将烹饪技艺与审美工艺相结合，火候适宜，佐料合理，先后推出了熊掌豆腐、一品豆腐、灯笼豆腐、绣球豆腐、桂花豆腐、雪花豆腐、三鲜豆腐、盖碗豆腐等上百个品种。他烹制的熊掌豆腐，金黄油亮而不冒气，外酥内嫩又滚烫。他烹制的芙蓉豆腐，朵朵金灿灿的"芙蓉花"，盛开在"白雪"之上，入口却香酥化渣。他烹制的一品豆腐，那豆腐如一朵睡莲，漂浮在高汤中而不下沉，形妙、色美、味鲜。

独具特色的西坝豆腐，按其佐料配兑和烹饪方法可分为红油型和白油型两大类。红油型以麻、辣、烫、绵、软、嫩、香为特点，白油型则玉嫩似髓，色彩油亮，淡雅清醇。这两类豆腐，色、香、味、形兼备，令人观之饱眼福，食之饱口福。经过杨师傅师徒数十年的努力，西坝豆腐已有三百多个品种，常做的有一百零八种，精品三十六种，荟萃成了饮誉中外的美食品牌，也成为乐山旅游文化的重要组成部分。

通过烧、炸、炒、熘、蒸、拌，烹饪出三百六十多种菜肴，荟萃成精妙的豆腐宴席，让人惊叹不已。有人写诗赞美道："四川豆腐甲天下，西坝豆腐冠四川。洁白如玉细若脂，几乎舌头一起咽。""一品豆腐宴，尝尽天下鲜，美味甲环宇，疑似作神仙。"

所谓特产，就是只能此地生产，不能推而广之的东西。比如西坝豆腐，就只能在西坝这个特定的环境中，才能做出那么地道的口感品质，换了其他的地方，同样的师傅同样的工艺，做出来的豆腐宴就差一筹。究其原因，是因为这里有一条清澈的小溪，有一口神奇的凉水井。用这里的水研制这里的豆子，才能做出不一样的豆腐来。正因为如此，每天深夜西坝人还在准备明天磨制豆腐的原料，同时要提前将黄豆泡在水里备用。次日凌晨天不亮，西坝豆腐坊就开始工作了，"皮肤褪尽见精华，旋转磨上流浆液"，再经过大锅里的一番挤浆、烧煮、压单，制成白如玉、细若脂的豆腐，等待包括乐山城里的附近餐馆酒店前来提取。凡做西坝豆腐来卖的，必须每天一早来西坝运豆腐回去，再加工成花样翻新的豆腐宴席，供八方游客品尝。

有人给西坝豆腐总结了几个特点：一是口感细腻绵滑，营养倍加丰富；二是细若凝脂，洁白如玉，清鲜柔嫩；三是托于手中晃动而不散塌，掷于汤中久煮而不沉碎。其味在清淡中藏着鲜美，吃起来适口清爽生津，可荤可素。其实还要加上一点，就是工艺上的巧夺天工。比如灯笼豆腐，能够把豆腐做成灯笼的形状，在里面填上肉馅，上笼蒸熟后浇上酸酸甜甜的汤汁，看上去饱满圆润，油光闪亮，充满喜气。芙蓉豆腐，能把豆腐做成一朵盛开的芙蓉，花瓣娇嫩，色彩诱人，令人产生美好的遐想。熊掌豆腐，先是把几大块豆腐，下锅油炸得松松脆脆，再下锅按照真实熊掌的做法烹制，端上桌来时，一份几乎以假乱真的熊掌豆腐，令人垂涎欲滴。水煮豆腐，按照普通水煮肉片的工艺，将豆腐做出麻辣鲜香、汤色红亮的效果来。如此种种，不一而足。但能够把家常的豆腐做出三百多种菜品，不能不赞叹厨师的生花妙手。这其中有许多菜品，都是按照斋宴的做法，素菜荤做，包含着佛家严谨的经学理念。

西坝豆腐不仅是人们餐桌上的美味佳肴，营养丰富，而且具有医疗保健作用。豆腐及其制品所含的植物蛋白，有人体必需的八种氨基酸。常食用豆腐，可以降低血液中胆固醇的含量，减少动脉硬化。嫩豆腐中还含有大豆磷脂，是生命体的重要组成部分，对人体细胞的正常活动和新陈代谢起着重要的作用。经常食用豆腐不仅对神经衰弱和体质虚弱的人有所裨益，而且对高血压、动脉硬化、冠心病等患者有一定的辅助疗效。目前西坝豆腐已经被全球公认为"国际性保健食品"。

邀请朋友来到乐山，招待他吃西坝豆腐，是一种很真诚的待客安排。一个外地人，面对一道道花样不同的豆腐菜，灯笼豆腐、咸黄豆腐、箱箱豆腐、怪味豆腐、雪花豆腐、一品豆腐等等，那表情一定是兴奋与惊喜的。再一一下箸品尝，有的滑嫩，有的松脆，有的麻辣，有的甜香，荤素兼备，干湿相偕，川菜的色香味形，还有盛菜的青花盘子，色彩缤纷，琳琅满目，几乎完美到无可挑剔。此时，感觉是在欣赏一套艺术珍品，一幅风情画卷。

古人云："玉米三江金天府，峨山沫水秀嘉州。"乐山的好山好水，不仅孕育了地灵人杰，而且蕴藏了天宝物华。风味独具的西坝豆腐，就是这片山水孕育的饮食奇葩。

跷起脚来吃牛肉

朱仲祥

找一当街的铺面，垒起一座曲尺型柜台，在柜台上嵌入一两口锅灶，然后留足台面的位置，再做一个摆放菜品的小橱窗。柜台侧面和后面，放置着一张张小方桌、长条桌和一些配套的小方凳、长条凳，供客人们进食时落座。操作的厨师往里面一站，生意就开做了。这是乐山小吃店一般的格局。乐山城内外大大小小的跷脚牛肉店，铺面也大抵如此，似乎一百年都不曾改变。

跷脚牛肉汤锅已成为乐山源远流长的

地方名食。相传在20世纪30年代初,老百姓民不聊生,贫病交加。当时此地有位擅长中医药、精通岐黄之术的罗老中医,他怀着济世救人之心,在乐山西郊苏稽镇河边悬锅烹药,救济过往行人。罗老中医的药汤不仅防病止渴,还能治一般风寒感冒、胃病、牙痛等。其间,他看到一些大户人家把牛杂(诸如牛骨、牛蹄、牛尾巴、牛肚之类)扔到河里,觉得很可惜。于是,他把牛杂捡回洗净后,放进有中草药的汤锅。结果发现熬出来的汤味甚是鲜香,一道乐山名小吃由此诞生。

因跷脚牛肉味道鲜美,又有防病治病的功效,特意来饮者络绎不绝,堂堂爆满。其间没有席位者,有的站着,有的蹲着,有的就直接坐在门口的台阶上跷着二郎腿端碗即食,人们因此形象地称呼这道小吃为"跷脚牛肉"。

但这种说法只是一种偶然的因素,更为可靠的原因有二:一是与苏稽这一带的肉牛宰杀加工产业有关。长期以来,苏稽、杨湾一带都有屠宰肉牛加工、分销的传统,他们从峨边等地把肉牛买回,再经过一段时间的精心喂养后进行宰杀,然后将品质高、品相好的牛肉销售到成都、重庆、宜宾、雅安等地市场,剩下的内脏、牛蹄、牛筋等下脚料,就低价卖给本地的普通市民和一些"苍蝇馆子",成为跷脚牛肉的主要原料。二是与乐山发达的水运有关。作为"码头城市"的乐山,无数的苦力以行船拉纤为生,形成了粗狂、奔放的码头文化,他们讲求的是大块吃肉、大碗喝酒,在饮食上不拘形式,因吃不起价格昂贵的牛肉,就买一些下脚料来,加上香料一锅煮着吃。久而久之,就形成了如今享誉川内外的跷脚牛肉。

跷脚牛肉的"一锅煮"不算简单。首先是准备过程复杂,单是所需香料就要约二十种,包括荜拨、白芷、三奈、八角、香皮、香草、茴香、草果、砂仁、白蔻、丁香、桂皮、香果、甘松、香叶、草寇等,既有对人体有着保健作用的中草药,也有川菜常用的增香去腥的香料,所以跷脚牛肉不仅是一道美食,还是一道药膳,有着保暖驱寒、养气生津的功效。然后要用牛骨头熬汤,最好是用棒子骨和牛脊骨来熬,先猛火后文火,一直要熬十来个小时,直到牛骨和牛肉的香味、营养完全融入汤汁。牛骨头汤汁熬好后备用,然后将所要烹煮的原料,包括牛肚、牛肝、牛肉、牛心等,洗净切片,将香菜、香葱切细作配料。同时要准备好海椒碟子,将海椒面、花椒面、盐和味精及其他香料,按比例调和均匀,到时分装到每个客人的碟子里面，用作客人品尝时蘸牛肉之用。

传统跷脚牛肉有两种做法：一是把牛杂装在一只小竹篓里，放入滚烫的底汤里汆一下，然后倒入碗里，浇上牛肉汤，撒点芹菜或香菜，再蘸着干碟或汤碟吃；二是火锅吃法，把各种调料和牛杂煮成一锅，然后起出牛杂，蘸着干碟或汤碟吃。但苏稽本地的跷脚牛肉，既不是前者，也不是后者，更像是把牛杂放在一只大锅里烧煮，之后只要有客人点，厨师当即舀出一碗应市。因此跷脚牛肉好吃与否，关键是一锅烫牛肉的汤。具体来讲，就是要把前面熬制好的牛骨头汤汁放入锅里，加上各种香料和姜葱蒜一块再熬制，直到各种味道相互融合，再加入适量的胡椒、味精和盐，便可用来烫牛肉了。客人所点的牛肉烫好后装入碗内，以生芹菜节垫底，香葱花、香菜末撒于烫熟的牛杂上面，一碗香喷喷的跷脚牛肉就上桌了。

一碗鲜美的跷脚牛肉，必须具备汤色碧清、香味绵长、牛杂脆嫩、吃法多样这四大特色。跷脚牛肉的汤色，看上去清清亮亮，不见半点油花，待你品上一口，才感觉汤汁的浓香，这是它的奇妙之处。跷脚牛肉的香味，不是简单的味蕾刺激，在感觉麻辣鲜嫩之后，还有绵长的回味，让你唇齿留香。烫煮牛杂碎时，要掌握好火候，要保证所烫之牛肉既刚刚好，又保持了嫩和脆的口感，也使营养不致流失。最后，就是要我们在继承传统的基础上不断创新，不断推出新品。这些年除传承传统的烹制方式外，经营者还进行了多方面的创新，从经营格局来讲，已经上升到酒店式经营，讲究装修典雅，环境舒适；从推出的菜品来讲，已经突破了牛杂碎的范畴，提升到"全牛席"的层面，但凡牛肉，无论上品还是杂碎，皆可下锅一煮，特别是煲牛尾汤营养火锅，很受欢迎；从烹制方式来讲，以传统的跷脚牛肉为主菜，配以粉蒸牛肉、卤制牛肉、凉拌牛肉、红烧牛肉等等，丰富了跷脚牛肉的形式和内涵，让客人有琳琅满目的新鲜感。

尽管现在品味跷脚牛肉的环境大为改观，但大多数人还是喜欢那种简单粗犷的风格。有朋自远方来，直接点名要吃乐山跷脚牛肉。那就在街边找一个整洁的小馆子，选择一张本色的木桌，搬来几个笨拙的木板凳落座。然后招呼老板来点菜，且都是一人一份，牛肉、牛肚、牛舌、牛肝、牛脊髓，都烫将上来。再加份卤牛肉、蒸牛肉。还有，菜碗和碟子必须得土陶烧制上土色釉的，包括酒盏都得是土陶的，拿在手上要有粗笨质感的那种。说话间，一碗碗跷脚牛肉就上桌了，那就打开酒来，哗啦啦往酒盏（实则是碗）里倒满，然后就大声吆喝着开席了。

在这样的环境中不需要假斯文，不需要穷讲究，你就得摘下面具，露出人的本真来，像过去的码头工人那样喝酒吃肉。吃喝高兴了，不妨把一只脚跷起来，踩在自己的凳子上或踏在木桌的横梁上，那一份奔放与惬意，那一种周身通泰，令人终生难忘。

一方水土养育一方人，一方人创造了一方文化。走进乐山城区的大街小巷，跷脚牛肉无处不在。哪里有水汽蒸腾牛肉飘香，哪里就有跷脚牛肉，就像走进天南海北的大都市，遍地都是麦当劳、肯德基一样。每天都有新鲜的牛肉被送进这个旅游城市里来，加工成价廉物美的牛肚、牛肉、牛舌、牛肝、牛脊髓，加工成卤牛肉、蒸牛肉、拌牛肉、牛肉松、牛肉干，等待着食客们的品尝和购买；每天都有一拨又一拨的客人进得店来，他们中有本地市民来解决一顿饭食的，也有外地专门冲着这道小吃来的。他们经过一番咋咋呼呼，一番狼吞虎咽，一番啧啧称赞，一番心满意足，然后分道扬镳，各奔前程。这样的风情已成为乐山一道长盛不衰的景致。

我们不否认社会在不断进步，但也应该看到，在不断进步的同时遗失了一些东西，有些东西还非常珍贵。乐山跷脚牛肉之所以受到天南海北人们的欢迎，除了它本身味道鲜美外，是否还有餐饮中包含的传统文化的魅力？答案是肯定的！

麻辣鲜香豆腐脑

朱仲祥

走进物华天宝的乐山,无论城市还是乡村,人们都喜欢吃豆花。他们因为喜欢,所以就爱在上面动脑筋,玩出点儿新花样,以满足人们的食欲要求。其中麻辣鲜香的豆腐脑,就是乐山民间创新的一道美食。

乐山的嫩豆花非常有名,其特点是鲜嫩爽口,清香诱人,配上用红油、芝麻、花椒、葱花等佐料精心调制的油碟,其口感刺激又鲜香,令人难忘。但乐山民间又在此基础上,将豆花做得更嫩,让佐料变得更香,干脆就将嫩豆花与麻辣佐料合二为一，精心调制在一个碗里，再加上更多的其他配料，变成人们解决嘴馋的风味小吃。

乐山的豆腐脑，以主城区和夹江、峨眉、五通桥等地做得最好，也最盛行，豆腐脑小吃店分布在大街小巷，随处可见。几个地方的做法大同小异，但也各有风格。通常说来，乐山的豆腐脑喜爱加粉丝和香浓的牛肉汤，增加其滑腻入口和牛肉的鲜美口感；峨眉的豆腐脑一般要加酥肉，提升其酥脆的口感；五通桥的豆腐脑则吸取了两地的特点，既加入粉条也加进酥肉，显得更加完美一点。

我最喜爱的还是夹江豆腐脑。这里的豆腐脑既不加酥肉，也不加粉条，而是加入了鸡丝或粉蒸肉。特别是鸡丝豆腐脑，可称得上是夹江最著名的小吃，味道鲜美，四季皆宜，是夹江人最喜爱的食物，也是平时消遣的好东西。其做法是：放入味精、酱油、红油辣椒、花椒末、葱花、芹菜叶、油酥黄豆和花生仁、馓子等十多种配料，最后再加一大撮银线般的鸡脯肉丝，就大功告成了。当然，食客们也可以凭自己的喜好，加上一两笼粉蒸牛肉，和豆腐脑搅拌着吃。其中的油酥花生和馓子，比其他地方的豆腐脑增加了香脆味道；再加入了鸡丝或粉蒸牛肉后，豆腐脑既滑嫩鲜香，又有了嚼劲。夹江豆腐脑有一个特点：在麻辣的味道之外，还可以选择糖醋口味，糖醋豆腐脑那酸酸甜甜的味道，让不少食客流连忘返。

据我观察，每个地方在豆腐脑的具体做法上各有差异，但万变不离其宗，主要有如下几个步骤。

首先，要准备一些川味小吃中常用的调味小菜。葱适量，香菜适量，切成小段；大头菜切成粒；花生粒适量。大头菜可以在农贸市场卖腌制菜品的摊位买到，如果是非四川地区不好买的话，个人认为榨菜粒可以替代。正宗的豆腐脑使用的是炸黄豆，因为家庭不好制作，所以一般使用花生粒替代，如果是炒过或炸过的花生粒就更好了。调味小菜准备好，装盘备用。下面介绍另一样重要的配料——馓子，就是面粉和着蛋清一块儿入锅油炸，制成一种酥脆的小食品，可就这样作休闲食品食用。馓子遇上豆腐脑，那真是绝配，酥脆与滑嫩，一刚一柔，一脆一鲜，别有一番风味。同时准备一盘粉蒸牛肉，将牛肉切成小条，调好味（加豆瓣酱或只加盐、酱油等，口味不重的可什么都不用加），与蒸肉粉搅拌均匀，上锅蒸二十分钟即可。至于夹江豆腐脑所用的鸡丝，最好用土鸡的胸脯肉，加上香料煮熟后，撕成一条条的肉丝，装在盘子里备用。豆腐脑烹制完成后，用筷子拈一撮放在上面即可。

接下来是重要的一环：调制豆腐脑。先烧开一锅水，如果有条件，这锅水可换成骨头汤，口味更鲜美。然后将超市购买的普通淀粉，用冷水调成均匀的稀水糊状，待锅里水开之后，将冷水调好的淀粉慢慢倒入，同时用筷子搅拌，待凝固成浓稠的糊状，再切少量的嫩豆腐片到汤汁里，用超市卖的内脂豆腐为最佳，一般的豆腐切薄片也可。加豆腐片后可不开火，用本来的温度焖热豆腐。如果豆腐片较冷，或糊糊较少，可开火煮开即可。另取一个碗，碗内先放底料，我放的是红油辣椒、酱油、盐、味精和糖（只是提味，不能放多吃出甜味）。将糊糊和豆腐片盛到碗内，撒上馓子、大头菜粒、香菜末、葱花，配上粉蒸牛肉或鸡丝等，就算大功告成。

置身虽然简陋但不失整洁的小店，面对桌上一碗红红绿绿、白白嫩嫩的豆腐脑，我总会觉得生活如此简单却又如此美好。用陶瓷的小调羹轻轻搅动，豆腐脑的各种香味顿时扑鼻而来，猛烈刺激你的味蕾，让你垂涎欲滴，欲罢不能。于是，你低下头去舀上一勺，一边轻吹，一边吞下香香滑滑的豆腐脑，麻辣香脆烫等各种感觉一起袭来，鼻尖上立即冒出细密的汗珠，香辣的味道从身体的各个部位透出来，怎是一个"爽"字了得。遇上赶场天的时候，大街小巷的豆腐脑店生意都特别好，有的食客即使没有坐到位置，也甘愿不顾形象地站到大街上痛快地吃上几大碗。其实，豆腐脑就是一风味小吃，品尝时也用不着什么讲究，衣冠楚楚也好，不修边幅也罢，文质彬彬也好，粗犷奔放也罢，都没有人去计较和评论。完全放松自如的心态，更能品味到美食的真味。

我的好吃嘴朋友中，不少人把豆腐脑当作解馋的小吃，走到店子前便迈不开腿，不由自主地坐了下来，叫上一碗豆腐脑，一勺接一勺地慢慢尝鲜。也有人把豆腐脑当作正餐，但往往一碗豆腐脑不经饿，还要叫上一笼蒸饺，或者一两张卡饼，也就是在普通烧饼中间放进麻辣蒸肉，一勺豆腐脑一个蒸饺，一勺豆腐脑一口卡饼地品尝，又解馋又充饥，不亦悦乎？

最近，民间小吃豆腐脑也开始登上"大雅之堂"。这道风味小吃，经过厨师们的发掘提升，堂而皇之地出现在了宾馆酒店的宴席上，成为一桌菜肴的亮点。豆腐脑通常是用一精美硕大的器皿盛着，端上桌以后由服务小妹轻轻搅匀，然后分别盛到每个客人的碗里。也有不怕麻烦,分别盛入精致小碗端上桌来的。精细的制作,独特的口感,加上所盛器皿的讲究,常常能收到别开生面的效果。特别是对于外地来客来说,更觉得新奇别致,赞不绝口。

一方水土养一方人,一方人成就了一方美食。乐山人用自己的聪明智慧和创新精神,发现和提升了豆腐脑这道美食,增加了这方水土的迷人魅力,也成为游子挥之不去的乡愁……

乌尤山上腊八粥

朱仲祥

又是农历腊月初八,一个民俗传统中喝腊八粥的日子。

乌尤寺食堂里,食客们一拨接着一拨,精心熬制的腊八粥,正冒着热气,香飘四溢。市民有序地排队取粥,队形长蛇阵一般弯弯曲曲。热气蒸腾的厨房里,寺庙里的和尚和居士们还在忙碌地熬制着腊八粥,身后摆满了熬制腊八粥的原料,红枣、莲子、花生、枸杞、芝麻……满满的食材摆了一桌。

腊八节是中国农历腊月最重大的节

日。关于腊八节的由来,据说是从先秦起,每年过年前夕的这天,家家户户都要摆上精心熬制的粥祭祀祖先和神灵,祈求丰收和吉祥。喝腊八粥最早可追溯至宋代,每年腊八节,不论是朝廷、官府、寺院,还是黎民百姓家,都要做腊八粥。到了清朝,喝腊八粥的风俗更是盛行。在民间,家家户户都要做腊八粥,一家人聚在一起喝腊八粥。东北有句谚语:"腊八腊八,冻掉下巴。"意指腊月初八这天非常冷,吃腊八粥可以使人暖和、抵御寒冷。

  乐山人喝腊八粥,也是自古有之。也许是这里寺庙众多、佛缘广播的缘故,他们喝腊八粥,似乎从来都和寺庙有着联系。一到腊月初八,人们总爱到附近的寺庙去喝粥。而寺庙的僧人也会在这天,提早就准备好足够的腊八粥,施舍给前来喝粥的人,共同祈求来年吉祥幸福。特别是近年来,峨眉山和乐山两地的人们,都兴起了喝腊八粥的习俗,而且一年比一年更加讲究,喝粥的人一年比一年多。其中尤以乌尤寺喝腊八粥境况最为兴盛。一到腊月初八上午,乐山城里去往乌尤寺的道路上,到处都是前往寺里喝粥的人。乌尤寺后山的登山石梯上,喝粥的人们更是摩肩接踵,络绎不绝。寺里寺外人潮涌动,人们脸上都洋溢着喝上腊八粥后的满足和喜悦,心中都装着来年的希望和梦想。

每年腊八节即将到来的时候,乌尤寺都会早早地准备熬制腊八粥的食材。僧侣们一到腊月初七的晚上,基本上就没有了休息的时间,全都在为明天能够满足大家喝粥而进进出出、忙忙碌碌,他们或搬运着熬粥的食材,打扫着喝粥的场地,或在几口大铁锅前挥动铁铲和大勺,搅动着锅里的粥,不让其粘锅熬糊。这时,也有不少志愿者前来帮忙当下手,自节前晚上8点开始,一直都在同和尚们一道,准备着明天的腊八粥。他们忙着清洗大米,对加入的果实豆类进行泡果、剥皮、去核、精拣。他们手上忙着,脸上却挂满了笑容。一切准备就绪后,寺里要在次日凌晨时分开始熬制。先是加大火力,使锅里的水逐步达到沸点,再将配好的食材放入锅里,煮上十余分钟后,再改用微火慢熬,一直熬几个小时。等到第二天清晨,太阳缓缓升起时,锅里的米一粒粒融化了,所煮的核桃、果仁、山药等酥软了,粥的汤汁变得浓稠了,散发的甜香味愈加诱人了,十几大锅腊八粥这才算熬好了。

在过去的民间,腊八粥熬好之后,要赠送亲友,而且一定要在中午之前送出去,最后才是全家人食用。吃剩的腊八粥,保存着吃了几天还有剩下来的,却是好兆头,取其"年年有余"

的意义。现代社会生活节奏快了，如今普通百姓家里，已经不怎么时兴熬制腊八粥了。反正腊八节里要喝腊八粥，就到附近寺庙里去喝。

随着生活水平的不断提高，人们对腊八粥也越来越讲究，腊八粥的食材也越来越丰富、营养。最早的腊八粥是用红小豆来煮，后经逐步演变，融入乐山本地特色，逐渐丰富多彩起来。人们在选择食材上更加精细，搀在白米中的物品较多，如红枣、莲子、核桃、栗子、杏仁、松仁、桂圆、榛子、葡萄、白果、菱角、青丝、红豆、花生……总计不下二十种。这些食材，或去火，或生津，或润肺，或养胃，或补肾，都是冬天里的保健滋补佳品，对调理身体机能很有好处。难怪人们喝了腊八粥，会身轻体健，精神饱满，对未来信心满满。

喝腊八粥这天，乌尤寺里的宽敞斋堂坐的是流水席，刚一拨人喝完，又来一拨接着喝，这样的盛况要从早上持续到午后，络绎不绝。很多时候斋堂里坐不下，一些人便领了粥，找一处临崖而建的长廊或亭阁，坐在美人靠上慢慢喝，远山近水，尽皆入目，江风拂面，其乐融融。人们喝着腊八粥，相互交谈着一年来的经历和感受，述说着来年的希望和打算，也相互鼓鼓劲加加油。有的还不忘给家里人带一些回去，取"带福回家"之意，和家人一道分享祈福。

乌尤寺向市民提供腊八粥，至今已坚持了三十余年。腊八节到乌尤寺喝腊八粥，已成为乐山人的一种习惯。每年腊八节到来前，乌尤寺要准备一千多斤熬粥的食材，为五千多食客提供腊八粥。腊八节这天，人们来这里喝上一碗腊八粥，以祈求来年福气满满，好运当头，开始又一个香香甜甜的新的年份。

最忆乡村九大碗

朱仲祥

日出而作、日落而息的农耕文明,最重视的就是人间亲情,而表达亲情的方式,直接表现为一个字——吃。

在我的故乡,凡遇到红白喜事,都要请客喝酒,办一回"九大碗"。比如结婚生子、置房立屋,还有办理丧事等,都要把亲朋好友请到家里来聚聚,借此机会走动走动,办上十几桌几十桌不等,答谢平日大家的关心照顾。甚至过年之前杀过年猪,也要把亲戚朋友和邻居请上,办上几桌乐一乐。俗话说：客走旺家门，办个"九大碗"，图的就是喜气，看的就是亲情。

过去由于物资匮乏，大家生活不富裕，所以每家办的"九大碗"都有定制，就是九个菜，有荤有素，以荤为主。只是因为不同家庭经济条件或主人家的心意，所搭配的菜品略有差别，但总体看大同小异。

过去乡村宴席上的九道菜，第一道是"干盘子"，也就是油炸花生、糖酥猪膘肉之类，有荤有素；第二道是凉菜，包括凉拌鸡或者凉拌三丝；第三道为镶碗，就是把油炸过的猪肉、豆腐切成片拼在一起，以海带片、萝卜块做底子，上笼蒸后出锅，既可口又不油腻；第四道菜是墩子肉，是将五花肉煮半熟后，切成一小块一小块的正方体，俗称肉墩子，放在清汤里再煮熟，和着麻辣鲜香的油碟子一块蘸着食用；第五道菜是大菜——猪蹄髈，也就是这一带流行的"东坡肉"，将一整块猪蹄髈放进锅里炖酥软，轻轻捞起来后浇上麻辣酸甜的香浓汁水，食之柔嫩化渣，肥而不腻，肉香诱人，口感鲜美；第六道菜是咸烧白，也就是北方人所说的霉干肉，将半肥瘦的猪肉，经过煮熟、油炸、切片，和着当地的特制芽菜和小青菜一道蒸煮，便成了肥而不腻、鲜香可口的一道菜；

第七道菜是甜烧白，也称作夹沙肉，就是将煮得半熟的猪肉，切成相连的两片，在中间放入芝麻和白砂糖等制作的陷，用糯米饭打底子上笼蒸煮，香甜滑腻，酥软化渣；第八道菜是炖酥肉，将猪肉切成小块后裹上芡粉汁，下油锅炸成酥肉，再放进炖锅里用文火慢炖，然后撒上葱花上桌，也是很受欢迎的一道菜；第九道菜是随意的一道添加菜，可以是炒菜，也可以是豆腐汤之类，讲究的上清炖全鸭或全鸡，也有上红烧鱼的。总数九道菜，八仙桌上满满登登，望去琳琅满目，很是丰盛。

近年来，为适应人们对饮食科学合理的要求，现在的农村"九大碗"已经大为改观，首先是食材上不再以吃猪肉、打牙祭为主，鸡、鱼、鸭，甚至海鲜，样样齐全；其次是烹饪手段，在继承了过去以炸、炖、蒸为主的基础上，加入了许多现代川菜的烹制方法。在夹江县举办的"乡村厨师节"上，来自全县的百余名乡村厨师与周边地区的乡村厨师欢聚一堂，交流经验，探讨厨艺。金黄锃亮的香辣蟹、香甜糯软的甜烧白、鲜香酥脆的炸排骨……一道道美食令人垂涎欲滴，一桌桌美食都出自乡村厨师之手，正印证了一句话：美食在民间。

乡村宴席美味无穷，这要感谢烹制酒席的乡村厨师们。他们似乎一年四季都在忙着,今天生日宴,明天乔迁宴,后天满月酒……承办"九大碗"的单子已经从冬月接到年后了,这其中还有一天办两三家宴席的情况。"起得比鸡早,睡得比狗晚。"这是对承办"九大碗"厨师的总结。哪家请到这些厨师办席,他们前一天晚上就要去那家里,在空地上搭起临时灶头,把"九大碗"所需的材料都准备好,忙完已是凌晨,睡几个小时后,第二天早上五六点,又开始忙碌,准备中午几十桌的菜品。等这家的生日宴办完已是晚上八九点,却又要赶到另一个乡镇,为刚修了新房的一家人办乔迁宴。厨师们都知道,办"九大碗"虽然是做嘴巴的生意,但实质是人情世故的来往。如果这家主人有很多亲戚,厨师把这家人的宴席办好了,就相当于把这家主人的亲朋好友招待好了。所以办"九大碗"不仅要有手艺,更要有诚信。厨师坦言:"我们就是乡亲的'移动厨房'。"

作为乡村宴席的烹制者,厨师们最能感受乡村生活的变化。以前的"九大碗"是猪肉当家,一桌子菜的原料都是猪身上的东西,现在的"九大碗"不仅大换"包装",由猪肉为主拓展到鸡、鸭、鱼、海鲜等,同时菜式也远远不止九道了。此外,以前的"九大碗"重数量,有肉就行,肉多就行;现在的"九大碗"重质,味道是王道,生活水平提高了,老百姓的日子每天都像过年,也越来越会吃了,大家来是吃味道,不再像以前,盼着吃"九大碗"打打牙祭改善生活。这就给厨师提了更高的要求,既要做得干净卫生,又要做得讲究,色香味形都要拿够,大家才"买账"。

以前厨师就只负责做菜,现在要求的是全能型的厨师,老百姓要的是一条龙服务,厨师们就提供多种多样的菜品,供大家选择,其次,还负责买材料做菜、提供桌子凳子、自带打杂人员。现在老百姓不仅红白喜事要办"九大碗",就连请人吃饭都不想动手,直接一个电话就搞定。

农村吃"九大碗",品味的是味道,感受的是乡情。农家场院,随地就势,十几桌几十桌一溜溜摆满,请来帮忙给厨师打下手的人,在院子里进进出出,一会儿洗菜洗碗,一会儿端菜上酒,手脚那个麻利,如经过了专业训练,其间的绝活令人咋舌。待招呼入席的鞭炮欢快地炸响,客人们便鱼贯入席。参加的长辈和贵客,要安排坐在堂屋或者正中的桌子上,以示对他们的敬重。其余的来宾就随便入座,也不会有人提意见。这时主人请来的支客师(主持人)讲话,说着临场发挥的"四言八句"顺口溜,代表主人向大家表达谢意,主持完毕该次喜事必要的仪式,然后宣布开席。此时,客人们大快朵颐,大杯饮酒,菜香酒香洋溢在农家内外。特别是席间,乡里乡亲坐在一起,叙叙旧情,拉拉家常,相互间问声好,脸上笑开花,心里乐悠悠。席间给长辈夹夹菜,以表示孝敬和尊重;给邻里乡亲敬敬酒,一些不愉快便烟消云散。近年来一些人常年在外奔波,难得回乡一次,借了亲戚办喜事,回到家里和大家一聚,相见就更为亲热,相互间有说不完的话。外面的世界很精彩,外面的世界也很无奈,把平日掩藏的酸甜苦辣都往外掏掏,掏出来了心里就痛快了。其乐融融的乡村宴席,其乐融融的绵绵乡情。

尽管我们的生活是芝麻开花,但说起哪家办"九大碗",总会不自觉地想起那满院子的乡村宴席,顿觉香味扑鼻,口齿生津。民间有首《九碗歌》的歌谣:"主人请我吃晌午,九碗摆得胜姑苏。头碗鱼肝炒鱼肚,二碗仔鸡炖贝母,三碗猪油焖豆腐,四碗鲤鱼燕窝焯,五碗金钩勾点醋,六碗金钱吊葫芦,七碗墩子有块数,八碗肥肉啪噜噜,九碗清汤把口漱,酒足饭饱一身酥。"这是以戏谑的口吻,表达了对乡村"九大碗"

的钟爱与怀念。

特别是远离故土的游子,也许他尝遍了各大菜系,尝遍了山珍海味,但故乡的"九大碗"总是不能忘怀,总会时时唱起这首乡土味十足的民歌,其中包含的乡愁不言而喻。

月饼的家园

杨晋林

一

一千多年前,月饼就被御膳房的师傅用红绫裹了,在唐僖宗的注视下赏赐给新科进士。

那时候的神池却筑堡屯兵,移民耕牧,正经历着最初的人文积淀,同时积淀着人文菁华——月饼。或许那些绽放蓝色小花的胡麻,早在东汉时就在神池多风的山地上生根发芽了,只是直到南北朝时期,神池某间石砌的作坊才尝试着出炉第一块月饼，中间若干个世纪的空缺一直被动荡而苦涩的社会环境所填充。有关神池月饼的溯源，坊间有多个版本，无论哪一种说法，其实都是对神池月饼历史的发掘和尊重。而最初那块月饼形如满月，色泽金黄，口味浓郁，松软不腻，自有一股清香的胡油之气深透肺腑。

谁能想到，一块月饼竟然掀开了这个月饼家园——神池最富魅力的面纱。

早在一千五六百年前，神池就被胡油烤制月饼的馨香所感染，它贫瘠如白地的肢体上，雨后春笋般涌现出无数家月饼作坊，在当时当地被称作干货店。

光阴荏苒，在广式、京式、苏式、潮式、台式等都市月饼一统天下的今天，神池月饼则以草根形式，占有着北方月饼市场的份额，逐步跃上普通百姓的日常餐桌，并以此带出一个名不见经传的神池县。

一个县的闻名来自一块月饼，可能在中国的版图上还是鲜见的，这正是神池的神奇所在。

当然，神池的历史深度较之于那些遍布新石器时代遗址的州县来说，还略显单薄些，但神池月饼的传承，并不乏浑厚的人文底蕴。

这里毕竟是月饼的家园。

二

在神池乡间曾广为流传过一句顺口溜："神池干货上百家，数来数去只四家；神池义井宫吕家，八角利民武蔚家。"所谓干货，是指那些以胡油白面为原料，烘焙油炸出来的易于久放的食品，当然月饼唱的永远是主角。

遥想那时，厚实的堡墙下往来着戍边的将士和五行八作的商人，他们对饮食的需求似乎比现代人还要挑剔些。于是，那些被炭火熏黑脸孔的师傅们夜以继日地打月饼、炸麻花、烤糖三角。他们不断地从油坊买来上好的胡油，从磨坊买来精细的白面，从干果店买来不掺丝毫杂质的果脯，又买来红糖白糖、红豆绿豆……等所有原料备齐后，才从容地走向早已架好火的炉鏊。

夜色下的家园被熊熊燃烧的炭火照亮了，简直亮如白昼。一股有别于炊烟的烟雾从院子里浓浓地翻出墙外，卷向村庄附近茂密的胡麻地。

……

今天的神池堡、义井堡、利民堡、八角堡已经退去当年那种全武行的行头,只有搁置在荒野山脊上的古长城还在隐约地叙述着一段金戈铁马的传奇。然而,在那些古堡的废墟上,在那些装潢考究的混凝土建筑物上,至今弥漫着一股持久不散的味道,那就是地道的胡麻油味道,那就是月饼家园最纯正的味道,那就是神池月饼历尽数百年挥之不去的味道。

味道最初是来自田野的。在神池朱家山两侧广袤的丘陵坡地上,种植着大面积的胡麻,这种挥发着油香的植物滋润着一个山地小县的历史与现实。没有到过神池的人,是不能想象出胡麻在生长时期的那种绰约风姿的,是难以想象出胡油散发的那种味道的醇厚、甘美和芳冽的。人们只能从花钱买来的神池月饼中,捡拾一些胡麻洒落的琐屑了。这是距离产生的缺憾。

记不清了,记不清多少年前我们就与神池月饼结下了口缘,神池月饼在记忆里从来都是不可多得的美味。那时,乡下的村民绝对没听说过什么双合成、稻香村、莲香楼月饼,如雷贯耳的只有神池月饼。家人为能买到一斤半斤用麻纸包扎起来的神池月饼，在邻居面前都要炫耀数日。

"小时不识月，呼作白玉盘。"我是一直把神池月饼当作一轮满满的月亮看待的，在懵懂中感悟它的形似，体悟它的传神。那一缕馨香会在中秋以后相当长的日子里缓缓延伸，直到秋殇，直到朔风凛冽的冬天，直到再也想不起月饼入口后是什么滋味为止……

有数据显示，神池县的月饼厂家目前共有六百多户，其中有一半驻扎于本土；另一半如同月饼上的碎芝麻一样散落在山西各地——他们是神池月饼产业另一支阵容庞大的队伍，同样具备潜在的市场杀伤力。每一年中秋节前，在山西许多县市的大街小巷，我们都不难看见那些挑着各式幌子，统一叫卖和加工神池月饼的作坊。不管掌炉师傅是李逵还是李鬼，不管他们采用的原料、辅料抑或做工是否与传统的神池月饼一脉相承，应该说他们都是栖息在神池月饼这个固有资源上体现着自身价值，尽管这种体现方式有时候是对神池月饼的一种致命诋毁。

而想要透过那层浓郁的胡油味儿，享受到真正的神池月饼的甘美，恐怕只有走进神池才行。

三

"黄花岭下十五里，地稍平，有水一泓，出无源，去无迹，旱不涸，雨不盈，名曰神池。"

这是一段关于神池地名起源的记载。明人刘养志在追记文昌祠的时候，也没忘记提及这个美丽的名字。

客观地讲，神池自古为草莽之地，无论是早期中原汉民族与北方游牧民族之间犬牙交错地对垒与融合，还是明代以后策马长城的军事要塞的设立，都为神池的彪悍苍凉留下铿锵的兵铁之音。它就像一幅旷远高寒的卷轴，悬挂在晋西北的土地上，巍峨的管涔山遮挡了它一半的阳光，只有呼啸而过的乖戾风声抽打着家园土地上的胡麻和莜麦秆。可想而知，这样的基因孕育出来的饮食文化与经济文化，岂有不带草根烙印的？正如神池的地形地貌风物风情，还有那些镌刻在家门口碑铭上永不磨灭的地名一样，莫不呈现一派荒蛮之象——狼窝沟、窝铺沟、大井沟、三道沟、四十亩沟、辘轳窑沟……

即使一曲七弯八转荡气回肠的神池道情，也同样遵循着俚俗之道；抒怀着家园笨拙的方言。

"谁做冰壶浮世界，最怜玉斧修时节。"宋时的中秋明月仍然朗照着后世的时光，正是那一轮皎皎明月下演绎着一成不变的习俗。在神池县三镇七乡两百五十一个自然村中，在过往的岁月褶皱里，几乎家家沸扬过炭火的烟尘与移动炉鏊的叮当声。村人从杏木特制的模具里磕打月饼的声音，清亮，悠长，洞穿了味道醇厚的时空——"长安一片月，万户捣衣声"——如果更换诗句中的几个字，谪仙李白不啻就是在书写神池人炉制月饼的盛况，那是怎样一种温馨壮观的恣意情景啊！

神池月饼一直在古风浩荡的家园里调制、烘焙、出炉、上色。

……

五百年前压榨的胡油恒久浸润着神池人被炭火照亮的肌肤，八角堡的武家垒起了炉座，挑起了炉鏊；利民堡的蔚家系上围裙，捋起袖管；义井堡的吕家把面粉揉匀，鸡蛋打好，调入黄油，兑入白糖和碱水；神池堡的宫家包了花生瓜子豆沙，掺了果脯桃仁和杏仁，裹了玫瑰馅与芝麻，也捏进一撮青红丝，然后他们把晶亮芬芳的胡麻油注入炉鏊……稚子和老人，父亲和母亲，亲戚与邻居，官宦与布衣，还有神池的清风明月，无不在五六百年漫长的岁月长河里，构成人类最本真的生理诉求——饮食体系。

当粗糙的手工作坊被全气动模具制作工艺，以及电子自动控温液化气炉所代替，曾经响彻神池全境的磕打月饼的清音可能不复再有了，但家园的地位稳如磐石，坚不可摧。那些从明清作坊里信步走来的后人，在保留前人独有的做工与配方的基础上，又吸纳了外界先进的生产技术和工艺，给企业注入了新鲜血液和惊人活力。他们申请了商标注册，申请了企业代码，通过了QS认证，把典型的土作坊模式赋予了现代化的内涵与理念。十多万人的神池县，月饼从业人员已占全县人口的十分之一，产品行销中国北方十几个省、市、自治区……

这是最接近民生的朝阳产业！

这是从老祖宗那里传承而来且一直未间断过的民族产业！

这是家园坚强生命的延续！

从管涔山到洪涛山，从县川河到涧口河，从荒废的辘轳窑沟到不朽的野猪口长城，从神奇的西海子到十里月饼长街，神池一千四百七十二平方公里的土地上，还有哪个地方闻不到胡油和月饼的香味呢？这种味道是神池县的专利，是属于家园的品牌。

四

清宫士式诗咏道："清流五道绕城驰，城若龟形枕海湄。更有城头楼望海，佳名斯号曰神池。不论山田与水田，胡麻麦豆种年年。夫耕妇饶相随外，剩有儿童叱犊鞭。"神池那座城，神池那片"海"，神池那些山田与水田，还有神池那些普普通通"夫耕妇饶"的老百姓，从古至今一直就那样敦厚、精细、恪守良知、不事张扬地生活着。即便在神池月饼走出西海子，走俏山西，走向全国各地的今天，也不难从他们的选料、做工、包装、营销等手段上看出神池人的实在、内敛、表里如一的秉性和风范。至于外界那些花里胡哨吹破天的劳什子，对神池月饼而言，都不屑与之为伍。

神池苍老的山地和绵延起伏的丘陵，是几万年甚至几十万年地质演变的结果，无论用折中的眼光还是开放的眼光看，这方水土都是如此适合家园经济的滋生、发育、发展。

山树蓊郁，谷深沟长，道情宛转，民风豪爽，就连高耸于摩天岭上的风能发电装置都被"一年一场风，从春刮到冬"的民谚浸染出家园式的盎然古意。家园是古人和今人无法割舍、永难背离的精神图腾。

那些在莜麦地里劳作的农民，那些在漫漫西口古道上艰难跋涉的游子，或者那些在神池端午节古会上讨价还价的商客与村人，神池月饼作为可以随身携带的干粮成为他们果腹的必需品。味美，保质期长，方便携带等特点是它备受乡民青睐的原因。

可以说神池月饼是一面经过时间的磨洗、锃亮如金的镜子，可鉴古人的来路，可曜后辈的前程。

比比看那些盛装上市的京式、广式、苏式月饼，虽出身名门，每一道工序都禁锢在程度森严的流程里，通身透着一股富贵气，却难掩饰那种与生俱来的浮躁、偏执、曲高和寡的口味：或工于馅，或重于皮儿，或流于形式的唯美；无论口感，无论款式，无论价格，对于市井百姓而言，都有着天生的傲慢与隔膜。也只有神池月饼发轫于乡野，有着家园温馨的滋味，取悦于民间，却潜移默化地影响上层社会的欣赏口味。先前的油皮月饼、蛋黄月饼，以及后来的水晶奶油、五仁百果、豆沙酥皮、凤梨冰皮月饼……莫不是神池人数百年技艺的累加，传承，升华，乃至穷极智慧的结晶。

在这片散发草根之气、故园温情的土地上行走的人们，无疑是对传统饮食文化最虔诚的弘扬和尊崇，可以说他们的血管里流淌着的就是芬芳的胡麻油，他们从事着一项与自己血缘和家园休戚相关的职业。

神池义井村吕氏的后人一直为遗失当年康熙皇帝的御笔留书而耿耿于怀。作为老字号"自永和"第五代传人的吕效忠先生，同样把明洪武年间——1369年铭记在心，那是吕氏先祖吕凤斌创办饼面铺的年份。随后经历了吕永和、吕金声、吕如生等历代吕氏后裔的衣钵传承，直到2005年由吕如生之子吕效忠经营的工厂生产的系列月饼，被山西省烹饪协会评为"山西名点"。2009年6月"自永和"老字号的生产工艺又被正式列入省级非物质文化遗产名录，期间经历的六百多个风雨春秋，已经很难用记忆来确切拷贝了。

我曾在神池县域形象展上，亲眼见过吕效忠现场烘焙出来的重达六十公斤的大月饼。吕效忠那个敦实的汉子，在自己的大月饼上扎起了鲜艳的红花，然后被惊羡的观者挤在一旁。

他自得地微笑着,就像自家的娃娃苦尽甘来,一朝变成状元郎一样。至于在制作过程中费了多少胡油,多少白面,多少辅料,又经过多少次烘焙,多少次上色,多少的辛苦最终月饼才出炉,人们并不去细究,重要的是那个"神池月饼之王"给他们的感觉和视觉带来了深深的震撼和冲击。

其实早在2005年,神池县另外一家月饼企业源升食品厂,就曾生产出堪称三晋第一的大月饼——直径一点一米,饼重六十九公斤。源升食品厂是神池县生产月饼品种最多的企业,老板高月升说,什么第一、什么状元对我来说都不重要,重要的是要让家乡人不出县城就能买到京式、广式、晋式、忻式的中秋月饼;不离家门也能尝到酥、甜、香、绵的独特风味……

1897年,八角堡武家初立炉鏊,成立炉制月饼的小作坊,经过几代武氏人的诚信经营,武家的干货铺在神池已小有名气,当地有"八角的月饼,义井的麻花"说法。而后来,那个把神池国营月饼厂搞得风生水起、蜚声中外的李德全,正是八角堡干货铺武大先生的传承人武月梅的丈夫。神池粮贸食品有限公司的前身为神池县粮食局糕点厂,李德全是糕点厂的创始人。年轻时候的李德全为了改制后的国营粮油贸易中心以及神池月饼的长足发展，曾不辞劳苦立下过汗马功劳。时至今日，李德全仍为当年的付出倍感欣慰。他说一个人的付出不能用金钱来衡量它的得与失，能把神池月饼推出神池走向世界，不单是他李德全的夙愿，也是所有神池月饼人的梦想！

今天的粮贸食品有限公司，在李德全、武月梅夫妇悉心打理下，秉承传统技艺的同时，又改进了工艺流程和原料配方，产品发展到四大类二十多个品种，2005年被山西省烹饪协会评为"山西名点"。而武月梅的心思是很高的，谁都没想到她信手将颇具神话色彩的"神月祥"也申请为公司的注册商标了。如此高雅脱俗的情趣，似乎连同绝色的嫦娥与品尝月饼的人们也合在一起，沾上了仙气，沾上了神韵……

宫氏大成商号，始于雍正四年（1726年），虽经两百多年沧桑沿革，直到今天，仍然是神池县诸多月饼企业中的佼佼者。"神池属偏远小县，然而商业却较为繁荣，清代以来神池商贾以宫氏家族为最。"这是出自《中国实业志·山西卷》中的记载。宫氏大成商号一直以其"讲信用，商德满晋，以人为本，大兴行善积德之风"而广为商界推崇。2006年神池大成食品有限公司生产的"大成月饼"被山西省烹饪协会评为"山西名点"，大成商号也被列入中华烘焙老字号而名扬四海……

此外还有利民堡蔚家后人创立的蔚师傅食品厂，鹤寿源食品有限公司，还有红红火火的新润食品有限公司，蒸蒸日上的守业食品有限公司……近年来，神池县的月饼生产企业逐步淘汰落后的生产设备及设施，引进月饼辅助生产线四条，气模五十余台，包装机两台，旋转炉三台，煤烤箱、电烤箱一百余台……企业面貌焕然一新。

这种从古老作坊里脱胎出来的民族手工业，正凸显着新颖的文化结构，彰显着更富人情味的和谐韵致，你能说他们的月饼里就没有虞仲文饱满的才情吗？能说他们的月饼里就没有海云大师通灵旷达的心性吗？能说他们的月饼里就没有养艳姬无与伦比的大美吗？

说九说十，还是家园——神池给予了神池月饼至美至真的艺术元素。

五

在山西，或者局限于北方，每至中秋，家园里都会弥漫着月饼的滋味；而在神池，这种滋味会一年四季在以家园为单位的民宅里流转。这是来自月饼自身的力量，同时也是山西人对待节日情结的过分依赖。神池人充分意识到了这一点，他们把谋生的手段有机地融入民俗文化中去，这正是神池人的睿智所在。我们看到，在神池人身后矗立着一座用智慧构建起来的月饼山，那山体通身流泻着晶亮的胡油！

许多神池月饼企业都有一个共同的称号——特色产业经营大户，比方佳佳、源升、新润、自永和……小规模、大群体、标准化，成为描绘神池月饼行业的代名词了。

崞水路是神池的一条街名，崞水路上云集了县城几乎所有的月饼企业。已近中秋，数百家企业的工人都在临街的厂房里忙碌着，和面、拌馅、包饼、拓模、焙烤、冷却、检验、包装等。

每一家的月饼展示厅里都整齐罗列着样式各异的月饼盒：金苹果、日式提篮、皇庭尊礼、福寿双全、牛皮瓦楞周转箱、金卡纸月饼盒等。

我见过一种被称为十全十美的礼品装，打开包装，精致的月饼会呈阶梯状螺旋上升——一帆风顺，二龙戏珠，三阳开泰，四季平安，五福临门……当合上包装时，六角形的盒子如同一盏宫灯，端庄而不失华美。

　　油皮、蛋皮是神池月饼中的经典，从字面上即可理解，其奥妙在于月饼皮的制作和配料的区分上，一样的麦粉拌以胡油可以制成油皮月饼，若拌以白砂糖、鸡蛋及少量胡油则制成了蛋皮月饼……

　　不过，这已深入神池月饼的细节里去了！

　　不到神池，你就绝难想象在三十二万亩浩瀚的胡麻簇拥的村庄里，曾经出现过多少如同武林豪杰般的月饼师傅。家传炉鏊，配料秘籍，火候功底……在堡烽林立的故园里，在三五团圆时日，围一圈打下手的男人女人，眨眼工夫即可烘出一炉芳香扑鼻、甘美若饴的月饼……油篓城，榨油坊，刻月的习俗，清澈的西海子，人民广场上的月饼美食文化节……神池人一辈一辈延续着一种家园经济，一种独特的生存方式。

　　有时候，你会觉得神池月饼似乎是无技法的，所谓大音希声，大象无形吧？

　　神池人仿佛都是无师自通的制饼高手，随便拉一个神池人出来，只要捋起袖子拉开架势，乒乒乓乓一通忙活，就能打出一炉好月饼，很是让围观者羡慕。在神池的月饼界，师傅们的技巧俨然也是摆在桌面上的，当年长祥圆的女老板甄建英就是在县城好几家知名的月饼工厂取经学艺的，据说她一站就是一上午。姊园祥食品厂的厂长张巧梅同样是在神池最大的月饼厂里潜心学习，从而练就一身过硬的面点及烘焙技术……这倒也没什么，孔子说过，"三人行必有我师"，有交流有互补，才有民族产业的积累、更新和跨越。倒是我们很难把神池人对月饼技术的公开化、明朗化，提升到不懂得知识产权保护的层面上来。这是神池人的性格所致——淳朴，厚道，不遮不掩，凡事做在明处。说到底，其实也是家园的观念拖累了他们。也正因为如此，神池月饼的产业大军才得以迅速壮大，才最终成为神池县经济领域中不可或缺的生力军。

然而，神池月饼毕竟还是讲究技巧的，小隐于野，大隐于市，它是属于"大隐"的范畴，否则就不会出现那些鱼目混珠，搬起石头砸自己脚的赝品作坊了。几百年技艺的窖藏，早已醇厚若酒，一点一滴就够世人品尝一辈子了。

还有一种比较成熟的观点认为，神池月饼的奥秘主要不在于做工，而在于油、水和气压。胡麻在神池一向被视为特色资源，除了神池，除了晋西北，大面积种植胡麻的地方就很少见了，是风水使然还是地利使然？反正它们随意地生长在家园的土地上，不为山高，不为水浅，只为这块土地上的父老乡亲提供取之不竭的财富之源，就像一条亘古不息的母亲河，源源不断地滋养着河岸上的人们。而由胡麻衍生的胡油，在清人祁隽藻所著的《马首农言》中有过提及"油出神池""色香而味腴"；早在《神农本草经》中，对胡麻亦有过精辟阐述："味甘平，补五内，益气力，长肌肉，填髓脑，久服轻身不老……"一般的，在传统的山西美食的制作过程中，都离不开胡油的调和。

还有水——来自神池地下六百米深的熔岩水，其钙镁含量和矿化度均达到优质标准；另外还有气压——比泰山的海拔都高六米的神池县，已很难用高原一词来形容了。

三种得天独厚的资源成为神池本土月饼让人永远参不透的真理。

依然是源自月饼家园无穷的张力和厚度，一旦离开神池，那些仿制出来的月饼，将会丧失神池月饼的魅力所在——不尽的余味与入妙的口感。

六

对普通人而言,家园实在是一个再温馨再熨帖不过的名词了。我们从家园走出来,即使走得再远再辛苦,也要回望家园。家园是根,家园是厚土,家园又是节日下悠然泛起的一串相思。对人如此,对物亦然。

乘一叶扁舟荡漾于西海子湖上,心情如水一样宁静,自在,舒展。

西海子的芦苇年年绿了又枯,枯了又绿。无言的西海子依稀记得几百年来,那些乡音厚重的饼匠们,挑着扁担,背着油篓出了神池堡,又入了神池堡。这是一群经营生活的月饼生意人,他们与家园难舍难分,他们一技在手,香飘北方。

试想,中秋良宵,在优雅的庭院里摆一张雕花桌子,盛一盘果蔬,供一盘金黄的神池月饼,一小口一小口地呷着管涔毛尖茶,透过扶疏的梧桐叶子,端详那轮硕大浑圆的明月是怎样雍容华贵地爬上墙头。那该是怎样一种达意畅神的意境啊!聆听秋蝉一声一声地在花坛里嘶鸣,月饼的味道反而如月华般弥漫了整个庭院。又有多少清照式的女人,又有多少陶潜式的男人会被那明月下的月饼滋味醉出一种浓浓的情绪，是神池月饼滋润着别地的中秋夜，团圆情……

假使李杜尚在，逸兴遄飞的诗仙诗圣们一定不吝最华美的词句，最浪漫的激情，在溶溶月色里把神池月饼糅进一组千古绝句中……

神池啊，你是我深爱着的月饼的家园！

在春深

品人间真味